ORIENTAL FANTASY STORY & ADVENTURE

마검왕 27

dream books 드림북스

마검왕 27 원년(元年)

초판 1쇄 인쇄 / 2016년 1월 13일
초판 1쇄 발행 / 2016년 1월 20일

지은이 / 나민채

발행인 / 오영배
책임편집 / 편집부
펴낸 곳 / (주)삼양출판사 · 드림북스

주소 / 서울시 강북구 도봉로 173
대표 전화 / 02-980-2112 팩스 / 02-983-0660
편집부 전화 / 02-980-2116 팩스 / 02-983-8201
블로그 / blog.naver.com/dreambookss

등록번호 / 제9-00046호
등록일자 / 1999년 3월 11일

ⓒ 나민채, 2016

값 8,000원

ISBN 979-11-313-0502-7 (04810) / 978-89-542-3036-0 (세트)

* 지은이와 협의하에 인지는 생략합니다.
* 잘못된 책은 구입한 곳에서 바꾸어 드립니다.

이 도서의 국립중앙도서관 출판시도서목록(CIP)은 서지정보유통지원시스템홈페이지
(http://seoji.nl.go.kr)와 국가자료공동목록시스템(http://www.nl.go.kr/kolisnet)에서
이용하실 수 있습니다. (CIP제어번호: 2016000868)

魔劍王

마검왕

나민채 퓨전무협 장편소설

ORIENTAL FANTASY STORY & ADVENTURE

 27

원년(元年)

dream
books
드림북스

목차

제1장

여섯 음절

　내가 깨어나기만을 기다리고 있던 시선이 있었다. 천년의 업과를 짊어진 듯한 그 얼굴만 보자면, 나보다 앞서 염라(閻羅)의 판결을 받고 난 동류의 망자 같아 보였다.

　비로소 내가 정신이 들어 눈을 깜빡거리는 걸 발견하고도, 그는 조금도 기뻐하지 않는 기색이었다. 그가 구부정하게 구부리고 있던 허리를 펴고 내 앞으로 걸어왔다.

　어떤 업과가 그의 발목을 붙잡고 있는지, 한 걸음 한 걸음 떼면서 내게 가까워질 때마다 그의 만면으로는 참회(懺悔)와 자책의 그림자가 더 깊고 넓게 번져가기 시작했다.

　그는 본교의 대의원 격인, 무고강마당주 의마였다.

그가 굳게 닫힌 미닫이문 쪽을 불길한 눈길로 흘깃 쳐다본 후에, 내게 물었다.

"제 목소리가 들리십니까."

확실히 들린다.

"들리시는군요……. 하오면 후계(後繼)를 내정해 주시옵소서."

크큭. 치료를 실패했구나. 나는 단번에 깨달을 수 있었다.

하긴…….

지금까지 목숨을 유지시켜 놓은 것만 해도 대단한 일이었다. 목소리는 여전히 나오지 않거니와, 의마 또한 가까스로 깨어난 내게 사형 선고를 내리고 있었다.

미리 준비해 놓았던 것이겠지.

의마가 그렇게 들어 보인 종이 위에는 많은 이들의 이름이 적혀 있었다. 흑웅혈마와 색목도왕의 이름은 단연 제일 위에서 나란히 자리하고 있었다.

끝을 내지 못한 일들이 기억의 저편에서부터 스미어들어 오기 시작했다. 하지만 의마의 목소리가 상념 안으로 끼어들었다.

"……누가 좋겠습니까."

정말로 비참한 어조였다. 어쩌면 그도 보고 있는 지도

모른다.

내 사후(死後)의 본교를 말이다. 안으로는 채 끝내지 못해 이어진 분조(分朝)와 삼황의 후인을 중심으로 중원 인사들이 새로 결집할 것이며, 밖으로는 라쿠아의 복수심이 만들어낸 이슬람 제국의 하라마탄이 몰아닥칠 것이다.

그러나 그 무엇보다도 가장 큰일은 내 대를 끝으로 본교의 맥(脈)이 끊기는 것일 테지.

그래서 의마는 비통에 빠져 있는 것이다. 그러는 그의 처량한 시선이, 어째서 지금껏 후인을 남기지 못했냐고 나를 꾸짖는 것처럼 느껴졌다.

제자라…….

"이장로 흑웅혈마이옵니까, 삼장로 색목도왕이옵니까……."

의마는 그 둘 중의 한 명이라도 고르라는 식으로 중얼거렸다.

한편, 미닫이문 바깥에서는 흐느끼는 소리가 부쩍 커지고 있었다. 늙고 어린 그리고 남녀의 음성이 한데 뒤섞인 그 소리들은 마치 망국(亡國)의 노래처럼 흘러들어오고 있었다.

꽃잎을 만개할 무렵에 꺾이고 마는 슬픔이, 대전 전체에 가득했다.

들여 보내달라고 울부짖는 목소리의 주인공은 아마도 설아인 것 같았다.

"부디 내정해 주시옵소서."

의마가 채근했다.

나는 비로소 남은 한 팔을 들었다. 바르르 떨리는 그것의 몰골이 시야 안으로도 보였다.

하지만 뚝 떨어지고 만 그것은 무엇을 가리키는 대신, 의마의 정수리에 올려졌다. 내 팔이지만 내 팔이 아닌 것처럼 느껴지고 있는 만큼, 의식의 선이 정말로 가냘팠다.

─ 본좌를 혈룡좌로 옮겨라.

그나마 미간의 할라를 움직일 수 있었다.

의마는 놀란 눈으로 나를 다시금 확인했다.

하지만 의마의 눈동자에 비친 내 모습은 그의 의식 속에 파고든 선명한 의념과는 달리, 여전히 초췌하기만 할 뿐이다. 서역에서 발달한 할라를 어떻게 해석했는지는 모르겠지만, 그가 놀란 감정을 빠르게 지우며 말했다.

"지금은 후계를 내정하셔야만……."

의마가 내 손길에 움찔하며 몸을 빼내려 하였던 움직임을 멈춘 것도, 그 순간의 내 눈빛을 보았기 때문일 것이다.

그는 말을 멈추고 나를 품 안에 안았다.

살짝만 건들어도 깨지고 말 금이 간 도기가 바로 나였다.

시선만 살짝 내려트려 보아도, 한 팔이 뜯겨지고 가슴 쪽이 휑하니 뚫려버린 흉물 그대로가 보이고 마는 것이었다.

그래도 온몸에 꽂혀 있는 의마의 세침들이 효용이 있던지라, 그러한 극한의 상태에서도 피가 멎어 있었다. 천의의 이름에 가려져 있었지, 그도 당대의 최고 반열에 오른 의자(醫子) 중의 일인이었다.

"교주님께 남겨진 시간이…… 얼마 없사옵니다."

의마가 그렇게 말하며 혈룡포를 내 몸에 덮고 문 쪽으로 몸을 틀었다.

모두 길을 비키라는 그의 한마디에, 미닫이문이 양쪽으로 확 미끄러지며 수많은 교도들이 시야 안으로 가득 차 들어왔다.

그들 모두가 복도에서 넙죽 엎드려 있었다. 개중에는 설아도 있었다.

"썩 엎드리지 못할까! 본교의 위계를 어지럽히는 교도라면, 대 장로의 손녀라 할지라도 철퇴를 피할 수 없음을 정녕 모르더냐."

그러한 누군가의 눈물 젖은 엄명이 설아를 다시 주저앉혔다.

의마는 나를 안은 채로 모두를 가로질러 갔다. 그동안 보이는 누구도 내가 곧 죽게 될 것이라는 걸 의심치 않았다.

의마가 나를 혈룡좌에 조심히 앉혔을 때, 뒤따른 모두는 결국 참지 못하여 울부짖었다. 의마가 나를 혈룡좌에 앉힌 것이, 혹은 내가 그러한 명령을 내린 것이, 그들에게는 혈마교주인 내가 교주의 상징인 혈룡좌에서 생을 마감하겠다는 존엄한 의지로 내비쳐졌던 것 같다.

더 이상 흐느끼는 소리는 없었다. 오로지 통곡하는 소리뿐이었다.

"천유양월, 천세만세, 지유본교, 천존교주, 독보염혈, 군림천하, 천상천하, 지상지하, 광명본교. 하늘엔 달과 별이 있으며 영원한 본교가 있으니, 하늘같으신 교주님은 홀로 세상을 피로써 다스리시어, 하늘 위와 아래 그리고 땅의 위와 아래로 모든 곳에 본교의 빛이 뻗칠 것이옵니다!"

"천유양월, 천세만세, 지유본교, 천존교주, 독보염혈, 군림천하, 천상천하, 지상지하, 광명본교."

어디서부터 시작된 교언이 모두의 입에서 하나로 뭉쳐졌다.

어쩔 수 없이 터지고 마는 울음이 간헐적으로 끼어들어 있어서, 엄숙해야 할 교언이 그토록 구슬프게 들릴 수밖에 없었다.

그러지 말거라. 혈룡좌의 신묘한 공능이 효과를 발휘하기 시작했으니까.

아래서부터 올라오는 묵직한 움직임이 내 안의 열기를 깨운다.

그래. 한 줌이면 된다. 그것으로 단 하나의 음절만 밀어내면 된다.

단 한 번만…….

"교주니이이임!"

그런데 내 의지와 상관없이 시선이 뚝 떨어지고 말았을 때, 설아의 갈라진 목소리가 제일 먼저 솟구쳐 나왔다.

황급히 남은 내 한 팔을 끌어당기는 누군가의 손길이 느껴진다.

세상이 벌써 자그마해졌다.

차차 축소되어 결국 없어지려는 세상 안으로 의마가 맥을 짚고 있는 모습이 간신히 보였다. 그가 고개를 젓고 있다.

　　"교좌에 앉아 계시는 교주님의 모습을 보니, 이 감복
　　한 마음을 이로 말할 수가 없습니다."

어린 시절, 처음 이 자리에 앉을 때 나를 보며 짓던 흑웅혈마의 미소가 아련히 생각나던 그 무렵.

"승하(昇遐)……. 교주님께서 혈마의 품으로 돌아가셨소."

의마의 목소리가 멀어지고 있었다.

과연, 선천진기가 크고 작게 돌고 있는 할라의 흐름에서 벗어나 흩어지고 있음이었다.

*   *   *

오색(五色)의 빛무리가 만물을 지우며 나타나기 시작했다.

누군가는 이를 사후 세계의 징조로 보겠지만, 나는 아니다. 이것의 정체를 안다. 마지막. 아직 채 꺼져버리지 않은 의식의 일부분일 뿐.

온몸을 차갑게 식혔던 한기가 더 이상 느껴지지 않게 되었을 때, 남겨진 일보다도 오로레의 말마따나 이다음으로 혼백(魂魄)이 나눠질 것인가가 궁금했다. 그리고 그렇게 나눠진 혼백은 어디로 갈 것이며, 그러는 도중에 내 자아(自我)는 과연 인지될 것인지에 대해서 생각했다.

미처 끝을 보지 못한 수많은 일들을 아니 생각나는 것이 아니었으나, 사후(死後)의 의식 흐름은 마치 그렇게 되기로 정해진 프로그램처럼 자연스럽게 일어났다이 끝은 어떻게 될까.

이제 알게 되겠지.

그런데 이상한 일이다.

유독 흑색의 빛무리가 점점 커져가는 것처럼 느껴지는 것은, 결코 착각이 아니었다. 그것이 점점 한 사람의 얼굴을 갖춘다.

말쑥한 것을 넘어서 냉철해 보이는 인상을 지닌 얼굴이었다.

눈을 감고 있을 때까지만 해도 그랬다. 그것이 구슬같이 작은 동공이 담긴 눈을 뜨고 말았을 때, 참으로 묘한 느낌을 받았다.

온갖 악 덩어리를 똘똘 뭉쳐 만들어 놓은 인상임에도 불구하고, 어째서인지 나는 그것이 몹시 친근했다. 그것은 내게 무슨 말을 하려고 무던히도 애를 쓰고 있었다. 방해전파에 노이즈가 일고 마는 어떤 기물에서처럼, 그것의 얼굴도 또렷해지려다 가도 다시 흐릿해지며 빛무리로 돌아가기 일쑤였다.

무슨 말을 하려고 그리도 간절하단 말이냐. 나는 그것이 또렷해질 때마다, 그것의 입술이 말하려는 한 음절씩을 끊어 읽기로 했다.

첫 음절은 '환'이었다.

다음 음절을 읽어내기까지, 그 친근한 얼굴은 수차례나 형체를 완성시키기도 전에 흩어지고 말았다.

그렇게 겨우 읽어낸 다음 음절은 '장'이다.

흑색을 제외한 나머지 사색(四色)의 빛무리가 흑색의 빛무리에 대항하여 조금은 거칠어진 움직임을 보이기 시작한다.

출렁거리는 빛무리를 이겨내며 다시 만들어진 얼굴이 다음 음절을 내뱉었다. 그것은 '하'였다. 세 개의 음절을 내뱉기까지 그것이 정말 힘들어하는 게 역력하게 느껴지고 있었다.

그 다음으로 '젯', 그 다음으로 '구'까지 이어졌다. 나는 그것들이 의미하는 바를 도무지 알 수 없었다. 그래서 신경을 끄려던 찰나였다.

세상 전체를 파르르 떨리며, 내게 보여주고 말려는 음절 하나가 더 있었다. 그 음절을 끝으로 흑색의 빛무리는 다른 빛무리와 다를 바 없어졌다.

아마도 '나'라고 이어진 음절이 그것의 끝이었던 것 같았다.

그것의 음절들을 모두 이어 보면…….

비로소 녀석의 이름이 떠올랐다. 녀석의 이름은 흑천마검이다.

화악!

순간적으로 들어왔다가 내뱉어지려 했던 숨을 멈추고, 혈룡좌에서 엉덩이로 올라오는 묵직한 기운을 기다렸다. 이윽고 몰려오는 끔찍한 통증에 자연히 전신이 사정없이 떨렸다.

"교······교······교주님!"

의마의 놀란 음성과 함께, 장내의 시간이 멈춘 듯했다. 내게 향해있는 온 시선들이 그대로 굳어 버렸다.

쓸모없게 파손되어 버린 성대 쪽을 혈룡좌에서부터 밀어온 열기로 감싸며, 그 안으로 천재일우(千載一遇)의 기회를 담았다.

누구도 듣지 못할 아주 작은 중얼거림에 불과했다. 그러나 언제부터인지 본 차원 간에 약속되어 버린 그 언어는 소리의 높고 낮음에는 영향을 받지 않는 법이다. 내뱉어진 것만으로도 족하다.

재생력을 담은 하얀 빛무리가 쾡 뚫려버린 가슴을 메운다.

헐렁하게 축 늘어졌던 소매 밖으로 단단한 팔이 빠져나오는 그 순간.

익어버린 벼마냥 처져있던 자세도 꼿꼿하게 쭉 펴졌다.

"교주님!"

울음으로 가득 찬 설아의 목소리가 내 가슴마저도 움직였다.

당장 자리를 박차고 나가, 이 작은 소녀를 안아주고 싶다만…….

나는 소매를 쓱 들어 올렸다. 누구도 다가오지 말라는 뜻이었다.

상처 하나 없이 매끄러워진 두 다리를 끌어 오려, 혈룡좌 위에서 가부좌를 틀고 앉았다.

들숨과 날숨으로 차차 피어나는 열기.

전신의 선을 따라 스미어 나오는 운무(雲霧)가 장내 안을 뿌옇게 만들기 시작했다.

*　　　*　　　*

전대교주로부터 비롯된 그것은 여러 세월을 거쳐 발아(發芽)를 끝마치고, 이제는 제 존재를 스스럼없이 알리고 있었다.

일찍이 내가 완성해 냈고 내 통제하에 있다 하지만, 실로 광대한 힘이다.

그러나 시야 안에서 꿈틀거리고 있는 그것의 붉은 아지
랑이를 보고 있노라면, 어쩔 수 없이 우주적인 존재들이
생각나기 마련이었다.

그러한 존재들 앞에서 이러한 힘 따위는…….

와직.

확 쥐어진 주먹 안으로, 모두를 숨 막히게 했던 장내의
열기가 빨려 들어왔다.

그러는 동시에 의마가 저도 모르게 넙죽 엎드렸다.

"경……경하(慶賀) 드리옵니다."

내 심중을 제대로 헤아리지 못하는 그를 탓할 마음은
조금도 없었다.

사람인 이상, 나를 이해할 수 있는 이는 그 어디에도 없
을 테니까.

굳이 꼽아야만 한다면 옥제황월 정도밖에 없겠지.

가부좌를 틀고 있던 두 다리를 바닥으로 내리고 등은
등받이에 기댔다.

하아아.

길게 내어진 뜨거운 날숨이 싸늘하게 굳어진 장내 안을
휘감아 돌았다.

지난 이틀 여간, 호위를 서고 있던 이들은 모두 의마처
럼 엎드려 있었다. 그 모두는 무고강마당의 소속으로, 본

교의 중추(中樞)를 이루고 있던 각 문(門)과 단(團)들은 모두 참전 중에 있었다.

그렇게 장내에서 무고강마당 소속이 아닌 이는 설아가 유일했다. 설아는 나와 시선이 부딪쳤다가 금방 고개를 수그리고 말았다.

오랜만에 본 이 작은 소녀는 정말로 작았다.

체구가 그렇다는 것이 아니라, 아직 사랑을 받아야만 하는 낭랑(朗朗)할 십칠 세 나이 대에 딱 맞는 그만한 소녀라는 것이다. 그래서 나의 극렬한 열기에 겁을 먹고만 이 작은 소녀를 빨리 안심시켜 주고 싶었다.

"설아야."

부드럽게 불렀다.

설아가 고개를 들었고, 나는 거기에 대고 환하게 웃어 보였다.

왜인지 설아는 당혹스러워 하는 기색이 역력했는데, 여전히 풀어지지 않고 머물러 있는 내 미소 덕분인지 손짓을 따라 천천히 걸어왔다.

"많이 놀랐겠구나."

그 말 한마디에 설아의 두 눈에서 눈물이 주르륵 흘러나왔다.

"하교는 괜찮······사온데, 교주님께서는 정녕 무탈하신 것이옵니까?"

내게 존대를 하는 설아의 모습이 꽤 낯설지만, 달라진 이는 설아만이 아니라 나 또한 그랬다. 설아는 알 턱이 없겠으나, 우리 사이에는 백 년이 넘는 간극이 있었다.

"이리 보고도 모르겠느냐."

나는 두 발로 바닥을 딛고 서서 양팔을 크게 벌렸다. 설아가 나를 제대로 보지 못하고 고개를 숙이는 까닭은, 혈룡포가 내 알몸을 아슬아슬하게 가리고 있기 때문만은 아니었다.

"본교의…… 본교의 크나큰 홍복이옵니다."

설아가 들릴 듯 말 듯한 소리로 중얼거렸고, 몇 방울의 눈물이 바닥으로 떨어져 자그맣게 번지기 시작했다. 그 작은 소녀는 그렇게 끝까지 고개를 들지 않은 채 뒷걸음으로 물러났다.

지금은 우리의 관계를 개선하기 위해 무엇을 하기 보다도, 더 급한 일이 있었다.

그래서 나는 물러가는 설아를 막지 않고 의마를 더 가까이 불렀다. 거마들 전부가 중원에 나가있는 터라, 본산에 남아있는 교도들 중에서는 그가 가장 서열이 높은 거마였다.

의마가 내 턱짓에 의해서, 그 외의 모든 교도들을 물리쳤다.

"흑천마검은 어찌 되었느냐?"

의마와 나.

내가 뱉은 소리가 둘만 남게 된 대청 안에서 고종(古鐘)같이 웅웅 울리고 있을 때, 의마의 얼굴이 점점 흙빛으로 변했다.

그가 구부정한 허리를 크게 펴고 장내를 다시 확인했다. 그리고는 꽤나 어두우면서도 신중해진 그 얼굴로 입술을 열었다.

"신물이 영기를 잃어, 비밀리에 철동(鐵洞)으로 보냈습니다."

마지막이나마 가지고 있던 기대가 무너지는 순간이었다.

비록 조각조각 파편으로 갈라졌을지언정, 흑천마검의 본연(本然)에는 영향이 없길 바랐다.

하지만 철동으로 보냈다 함은, 나 아닌 다른 자가 흑천마검의 파편을 만질 수 있었음을 반증하는 일이 아니던가.

나는 바로 철동의 총 책임자인 철노를 바로 불러 들였다.

"단 한 조각이라도 빠트리지 않았겠지?"

단언컨대.

신의와 충정만으로는, 아니 묻고 넘어갈 수 있는 문제가 아니었다.

철노가 그럴 일은 결코 있을 수 없다는 식의 대답과 함께, 그가 조심스럽게 가지고 들어온 긴 목곽을 열어 보였다. 그 안에는 티끌만 한 조각까지도 정교하게 짜 맞춰진 흑천마검이 들어 있었다.

하지만 내가 손을 대는 순간 그 파편 전부가 엉클어지고 마는…….

이미 죽어버린 흑천마검에 불과했다.

*　　　*　　　*

내 손아귀 안에서 쪼개진 제 조각들이 여러 번이나 움켜쥐어졌다가 뿌려지길 반복하는데도 조금의 반응조차 없었다.

전음과 의념 혹은 직접적인 말, 그렇듯 의사를 전할 수 있는 방법들을 전부 써보아도 마찬가지였다. 이는 오색(五色)으로 물들어있는 의식 세계 안에서도 동일해서, 흑천마검이라고 특정할 만한 그 어떤 무엇도 이제는 존재하지 않았다.

녀석은 정말로 죽은 것이었다.

두 번이나 나를 살려놓고선 제멋대로 고꾸라져 버렸다.

녀석은 항상 이런 식이다.

항상.

그때 거북이 등껍질 같이 단단한 육체를 자랑하는 노인의 모습이 시선 안으로 들어왔다. 철노는 조용히 있을 뿐이지만, 나는 이번에도 그가 천년금박에서 해답을 찾고 있음을 느낄 수 있었다.

아니나 다를까, 내 눈빛을 받은 그가 전과 동일한 대답을 했다.

웃음이 나왔다. 감히 실존하는 반신(半神)을 인간이 만든 기물 따위에 견주어 생각하다니.

물론 그 옛날에 흑천마검을 봉인했던 검집 봉마초를 천년금박 안의 기이한 세계에서 복구한 적이 있긴 했다. 그래서 생각해 보니 철노에게는 그 일이 그리 오래되지 않았겠구나 싶었다.

"천년금박의 마물들이 영력을 품고 있긴 했지. 하지만 그대는 흑천마검이 어떤 존재인지 모른다. 그대가 할 수 있는 일은 없으니. 그만 철동으로 돌아가도 좋다. 가거라."

돌아가는 철노의 뒷모습에서 천년금박 안의 세계가 다시 생각나고 만다.

이제 와서 돌이켜보면, 그 음울한 세계는 본 차원이 아닐 수도 있었다.

저쪽 세상의 어느 황성 지하에 있던 문이 그러했듯이, 이 중원에도 그러한 것이 있어 오랜 세월 봉인되어 있을 수도 있지 아니한가.

그렇다면 다시는 천년금박을 죄인이나 마도무행에서 패한 교도들을 추방시켜버리는 용도로 써서는 안 될 것이다. 천하의 방사(方士)들을 한데 모아, 천년만년 결코 열수 없는 천애한 진법으로 눌러 놓아야 한다. 저쪽 세상에서 벌어지고 있는 일들이 이 세상에서 되풀이 되는 꼴을 죽어도 볼 수 없다.

그렇다면 갈 수 있는 방법이 요원한 저쪽 세상은 이제 어떻게 되는 것일까…….

나의 엘라는?…….

중원에 돌아올 날을 그토록 고대한 것은 사실이나, 이런 식은 아니었다.

"어쩌자고 네 녀석은…….

나는 목곽 안에서 흩어져 있는 파편들을 노려보다가, 무너져 버린 마음대로의 목소리를 아무렇게나 흘려보냈다.

"죽어 버린 것이냐…….

죽어가는 나를 받치고 있던 녀석의 힘이 지금도 등에서 느껴지는 것만 같다.

거기에 신경이 쏠리니, 사슬에 죄어 고통스러워하던 녀석의 모습 또한 뇌리 안을 어김없이 파고들고 마는 것이었다.

미련한 것.

그 말밖에는 해 줄 수 있는 말이 없다.

이제 나를 보고 있던 그 작은 소녀도 없으니, 온 얼굴이 일그러지는 것이야 막을 이유가 없었다. 그렇게 떨리는 전신을 한참동안 주체하지 못했다.

그런데 나는 무엇에 이토록 분노하는 것인가.

녀석이 죽어버려서?

그간 나는 녀석에게서 해방되기를 간절히 바라왔었다.

저쪽 세상, 나의 엘라에게 갈 수 없어서?

하고자 결단을 내릴 수만 있다면 방법이 완전히 없는 것도 아니다. 옥제황월이 중원으로 들어왔던 어린 시절의 그에게는 흑천마검이나 백운신검의 조력이 없었다. 뿐만 아니라 전과는 달리 시공의 틈이 정상적으로 닫혀 시간의 흐름에는 큰 차이가 없을 것이다.

그렇다면 가족들의 세상에 갈 수 없어서?

아니다. 아직 저쪽 세상에는 백운신검이 살아있다.

헌데 왜?!

"왜 나를 구하고 죽어 버렸단 말이냐! 이 노오오옴 흑천마검!"

나는 목곽을 팔로 쳐버렸다가 그 안에서 쏟아져 나오는 녀석의 파편들을 보고, 그 전부를 황급히 제자리로 끌어다 놓았다.

그럴 일은 결코 있을 수 없으나, 하지만 그러고도 마음이 놓이지 않아 수거되지 못한 파편이 있을까 장내를 돌고 있는 나였다.

죽은 자식 고추 만진다는 심정에서였을 것이다.

파편이 담겨 있는 목곽으로 돌아와, 그것을 무릎 위에 올려놓고 공력을 흘려보냈다.

이조차 반응이 없다면 피를 흘려보낼 심산이었는데……!

파편들이 반응을 보인다.

채우는 데만 이틀이 걸렸지만, 소진하는 데에는 그렇게 오래 걸리지 않았다. 목곽이야 진작 흔적도 없이 사라져 버렸다.

그날, 밤하늘의 별처럼 쏟아졌던 파편 전부는 비스듬히 올라간 시선 안에 걸쳐서 허공에 촘촘히 박혀 있었다.

"큭……. 크크크큭."

어깨가 들썩인다.

"크하하!"

바깥에 선 교도들로서는 부활한 교주가 결국 미쳐버렸구나하고 생각해 버릴지도 모르겠다만, 나는 그냥 파편들을 쳐다보며 크게 웃어버렸다.

십 할 공력 전부를 흡수해 놓고도, 이어 붙여진 조각이라고 해봤자 티끌만 한 것들 조금뿐이었다. 녀석은 죽어서도 녀석답게 굴고 있었다. 대체 내 공력을 얼마나 빨아먹어야만 직성이 풀리겠느냐!

단전에 기운이 조금도 남아있지 않으니 온몸에 힘이 쭉 빠지고 말았지만, 공허한 그 느낌이 이상스럽게 좋았다.

그러나 그러한 만족감도 아주 잠깐이었다.

번뜩!

순간에 뇌리를 스치고 지나간 물음이 있었다.

명왕단천공 또한 뇌리 곳곳을 건들며 붉고 푸른 자극들을 일으켰다. 그리고 그것은 누구도 말릴 수 없을 것만 같던 미소를 싹 날려 버렸으며, 도리어 내 얼굴을 딱딱하게 굳히는 것이었다.

과연.

녀석을 살리는 것이 잘하는 일일까?

강서성에 똬리를 튼 대국의 분조(分朝)만이 남겨져 있을 뿐이지, 사실상 천하통일을 바로 목전에 두었던 때였다.

그렇듯 본교의 전력 대부분이 중원에 있던 와중에, 무림맹주 옥제왕월의 난데없는 등장은 대전에 남아있던 교도들에게 꽤 위협적으로 느껴졌을 것이다.

그가 비록 구금을 자청하며 섬서성 대전의 객실로 들어가 나를 기다리고 있다 하지만, 그에게서 풍겼을 위험한 냄새는 모두가 감지하고 남았으리라.

하물며 그가 머물고 있는 객실로 들어갔던 교주가 옥제황월과 사라지고 말았으니, 남아있던 교도들로서는 몹시 마음을 쓰며 애를 태울 수밖에 없었을 것이다.

나는 두 군데에 서신을 보냈다. 하나는 섬서성 대전 쪽이고, 하나는 흑웅혈마에게였다.

그러나 섬서성 대전 쪽보다도 흑웅혈마 쪽이 급하다.

마음 같아서는 흑웅혈마가 사휘와 이복언과 함께 합비에서 나를 기다리고 있으면 좋으련만, 지금도 지친 그 몸을 이끌고 안휘성에서부터 섬서 쪽으로 달려가고 있으리라는 것은 불 보듯 뻔했다.

이미 당시에도 흑웅혈마는 불철주야 쉬지 않고 달려와

서 살짝만 건드려도 쓰러질 것처럼 진력이 쇠한 상태였다.

서신에는 영약 하나를 동봉해 두어서, 의마에게 직접 서신을 맡겼다.

나는 그를 보낸 후에 당시의 기억을 떠올리기 위해 애썼다.

옥제황월이 머물렀었던 섬서성 대전의 객실.

거기서부터 시작했다.

뇌리 안으로 서서히 떠오르는 영상.

보이기로는 그저 중원의 여느 목조 건물과 다를 바 없으나, 그것이 가지는 의미는 나한테 만큼은 남달랐다.

특히나 시공 이동이 요원해진 지금에 이르러서는, 사고(思考)에서조차도 멈춰있던 중원의 시간을 다시 찾아야만 했다.

현재, 중원의 시간이 흐르고 있다 해서 내게도 그런 것이 아니다.

두 시공과 무한의 세계를 거치며, 나의 중원은 지금도 멈춰있는 중이다.

안분지족(安分知足)만을 그리워했던 나의 중원.

이제는 그 이상향을 지워야만 할 때였다.

드르륵.

객실 문이 열린다.

조금 더 기억을 섬세하게 다듬기 위해 각고의 노력을
하자, 당시의 옥제황월이 동반하고 왔었던 서역의 모래들
까지도 바닥에서 발견할 수 있었다.

기억 속의 세계 안에서는 그가 앉아 있던 의자도 뒤로
빼내진 그대로였다.

"넓은 곳이 좋겠지. 따라와라."

상상 속에서 걸음을 멈춘 자리가, 딱 그렇게 말했었던
곳이었다.

그때에서부터 사건들을 역순(逆順)으로 되짚어 나갔다.

지친 흑웅혈마의 모습이 날아가고, 남장을 한 이복언과
어느 장년인의 수급을 든 소교 사휘의 모습이 뇌리 안으
로 들어온다.

병상에 누워 있는 장일삼의 모습과 나를 보며 슬픈 표
정을 짓고 있는 독고야의 얼굴도 들어왔다가 사라진다.

그때부터였다.

목 잘린 머리와 아무렇게나 떨어져나간 사지(四肢) 그리
고 끈질기게도 밟혀대는 내장 덩어리들로 이어지는 광경
안으로 나를 저주하는 비명 소리가 그치지 않았다.

사람을 사람으로 보지 않고서 닥치는 대로 숨통을 끊어
버리는…….

무정(無情)하며 오만했던 움직임의 연속이었다.

살육!

정말이지 보이는 족족 죽였다.

흑천마검이 내 몸으로 저질렀던 바그다드에서의 대재앙
과 조금도 다를 게 없었다. 그토록 끔찍하다 여겼던 재앙
을 내 손과 이 의지로 몇 번이나 반복했던 것이다.

그러니 가장 먼저 생각나는 것은 '모래시계'일 수밖에
없었다.

그것만이 그 재앙들을 없던 일로 만들 수 있는, 유일한
방법이기 때문이다.

헌데, 그러한 생각은 멈춰있던 시간을 찾기 위해 가졌
던 생각들이 다른 영역으로 번져가고 있음을 알리는 시발
점이었다.

상상 속의 나는 옥제황월이 앉았었던 의자에 앉아 골똘
히, 또 다른 생각에 빠졌다.

시간이 흘러 흘러, 돌이켜보면 낯설게 여겨지는 옛날의
나를 과연 어떻게 정의할 수 있는가?

옛날의 내가 현재의 내가 다르다 하여 나라고 할 수 없
다면, 어디까지가 나인 것인가?

내게 주어진 초자연적인 환경의 특성상, 나는 그걸 꼭 짚고 넘어가고 싶었다.

이런 식으로는 향후에도 언제나 똑같은 번민에 직면하고 말 거라는 생각이 들었다.

당시에는 분명한 자아에 입각해서 행했던 일들이, 사고에 변화가 일어날 어떤 사건을 겪고 나면, 그 일들은 현재의 내가 아닌 과거의 그것의 손에 이루어진 일에 불과해지기 때문이다.

그리고 이렇듯 과거의 그것이 남겨놓은 수많은 잔재들과 마주하고 만다.

예컨대 당시에는 듣지 못했지만 지금은 들린다.

온 천하에 울리고 있을 통곡 소리를 말이다. 교주의 죽음을 앞둔 교도들이 울부짖었던 것 같이…….

이래서 신념(信念)이 필요한 것이다.

훗날 돌이켜보아도 부끄럽지 않는 옳은 신념.

나는 그것을 갖췄다 여겼다.

헌데 직전을 보라. 흑천마검을 두고 지금껏 고민하고 있지 아니한가.

세상을 신의(信義)로 대하겠다 다짐했으면서도, 정작 내게 그것의 한 방향을 보여준 흑천마검을 두고 저울질하고 있었다.

녀석의 지난 과오가 어쨌고 진짜 저의가 무엇이든, 녀석이 제 목숨을 버리고 나를 구해낸 행동을 두고 사람들이 흔히 말하는 단어가 있다.

희생.

물론 완전히 순수한, 숭고한 희생이 아니긴 했다.

내 공력에 녀석의 파편들이 반응하는 것만 봐도, 내가 본인을 구해주었듯이 자신도 구해달라는 대가성 희생이라고 봐도 무방했다.

그렇다고는 하나, 녀석의 부활이 온전히 내게 달려 있는 만큼 녀석은 본인을 내게 내맡긴 것이었다. 녀석이 이렇게 될 상황을 모를 리가 없었다. 그래서 희생이라는 것이다.

그렇다면 눈에는 눈, 이에는 이, 녀석이 나를 구해줬으니 나도 녀석을 구해준다?

그러한 신의로 우리는 같은 길을 볼 수 있을까? 그러면 동지가 될 수 있을까?

녀석만큼은…… 정말 모르겠다.

내가 가졌다 생각했던 신념이 이렇듯 흔들리는 것을 보니, 나 혼자만의 착각이었던 것이다. 신념에는 논외라는 것이 없어야 한다.

이러한 나인데 지금부터 내가 행할 일들을 훗날 돌이켜

본다면, 또 나는 후회하고 말 것 아닌가.

그때였다.

"교주님. 하교 설이옵니다."

작은 소녀의 목소리가 옛 기억으로 만들어진 이미지들을 깨고 나왔다.

그것이 나를 음울한 늪에서 건져냈다.

설아는 아주 적당한 때에 나를 찾아왔다.

나는 그렇게 기억 속에서 튕겨져 나왔다.

차차 벌어지는 침실 문틈 밖으로 설아의 모습이 완전한 형상을 갖추는 동안, 나는 이 작은 소녀가 겁먹지 않도록 상념들을 떨치도록 노력했다.

그리고 효과가 있었다.

내게 위축되지 않고 자연스럽게 들어오는 설아의 모습은 기대대로였다. 여전히 내게 존대를 하고 눈치를 살피긴 마찬가지나, 조급하진 않았다.

설아가 겁을 먹었던 것은 '그것'이 남겼었던 잔재였지, 지금의 내가 아니니까.

비록 예전과 똑같을 수는 없더라도, 그때와 흡사한 관계로 돌아갈 자신이 있었다. 지금 같은 마음가짐이면 된다. 그러한 마음은 표정과 어투에서 자연히 드러날 것이다.

그런데 그러한 생각들이 무색하게도, 나는 이 작은 소녀를 바로 이 눈으로 보고 있는 것만으로도 무척이나 즐거웠다.

전에는 볼 수 없었던, 어리디 어린 설아의 모습이 꽤나 사랑스러웠다.

과연 설아도 본인을 향하는 내 눈길을 모를 리가 없어서, 당황스러워하면서도 순간 번져버린 두 뺨의 홍조를 감추지 못했다.

설아가 눈을 깜빡거리다가, 아 맞다! 하는 표정을 지었다. 설아의 머리 위에서는 완벽하게 고정되지 못한 머리 위의 장신구가 흔들거렸다.

이렇게나 어렸구나.

그런데도 아무것도 모르는 소교주를 보필하느라 참으로 동분서주하였지.

설아는 뭐라 말하려다가도, 제 머리 위의 장신구를 다시 고정시켜 주는 나의 손길에 입술을 딱 붙이고 말았다.

아!

설아의 두 눈도 크게 떠졌다.

"돌아오는 길에 붉고 예쁜 장신구를 사다 주마. 네게 잘 어울리는 것으로."

내가 먼저 입술을 뗐다.

설아는 숨을 죽이고 있었다. 그러면서 나를 은근히 올려다보다가 눈이 마주치고 말아서, 황급히 시선을 떨어트렸다.

그리고는 침을 꿀꺽 삼키며 어쩐지 심기일전하는 모습을 보였다.

"중원으로 다시 가실 건가요?"

이번만큼은 극존대가 아니었다.

"아직 전쟁이 진행 중이지 않느냐. 본교의 교도들이 더 다치기 전에 한시라도 빨리 끝을 맺어야겠구나."

어쨌거나 후환을 정리해 두어야만 할 것이다. 연조의 분조야 남겨둔들 분쟁만 계속 야기할 것이고, 삼황의 후인인 우적 또한 가만히 놔둔다면 훗날 큰 힘을 길러서 나타날 것이다.

그때도 내가 본교에 남아있을 거라고는 장담할 수 없음이다.

이미 한 번 죽었다 깨지 않았던가.

"그래. 무슨 일로 나를 찾았지?"

설아는 내가 스스로를 '본좌'라고 지칭하지 않는 것을 의식하는 눈치였다.

찰나였지만 여러 생각들이 미쳤었던 모양이다.

정적 상태의 눈동자가 풀리는 시점에서 설아의 만면 위

로 크게 기쁜 감정이 스치고 지나갔다.

설아가 그때의 미소를 빠르게 지우며 대답했다.

"교주님께 묻고 싶었던 게 있었는데, 이미 그 대답을 들었습니다."

설아는 안뿐만 아니라 바깥으로도 기뻐하고 있었다.

"하, 하오면 이만 물러가겠습니다."

설아가 도망치듯 나간 후.

나는 설아가 미처 닫지 못한 문밖을 한참 동안 바라봤다. 종종걸음으로 나가서 이윽고 뛰어버리고 마는 소녀의 뒷모습이 시야에서 서서히 사라졌다.

그리고 나도 더 이상 지존천실에 머물러있을 이유가 없어, 바깥으로 나왔다.

나를 괴롭게 만들고 있던 바는 또 시간이 흘러 지금의 나를 '그것' 따위로 여길까 하는 의문에 의해서였는데, 설아의 만면에 돌아온 미소가 분명한 답을 들려주었다.

적어도.

설아를 대한 지금의 내 모습은 훗날 돌이켜 봐도 결코 후회되지 않으리라.

이제 나아가야 할 방향성이 더욱 중요해졌다. 내 손짓 하나하나에 중원뿐만 아니라 이 세상의 운명 그 자체가 결정되기 때문이다.

이번만큼은 또 나는 '그것' 으로 치부될 수 없다.

이 세상 바깥으로는 나를 대적할 수 있는 존재가 없으나, 이 안으로는 그렇지 않다.

그걸 잊지 말아야 한다.

신념이란.

아마도 이런 마음을 두고 말하는 것일 테지……

제2장

태양

　"필시 호교장 급의 대(大)간적 중의 하나일 터! 천하의
도의(道義)를 능멸한 대간적은 지금 당장 이름을 밝혀 보
거라!"

　흑웅혈마를 찾아냈을 때, 장정 십 수 명이 그를 둘러싸
고 있었다.

　두건이나 짚을 둘러써서 불룩 솟았을 태양혈을 감추고
다 해진 더러운 옷으로 유랑민처럼 위장한 모습이라지만,
흑웅혈마 앞에서는 본인들의 정체를 감추지 않았다.

　예컨대 그들이 낡은 수레에서 벼락같이 꺼내 든 검에는
화산의 매화문양이 정교하게 새겨져 있어, 햇볕 아래 예리한 빛을 반사시키고 있었다.

의도적이었다.

흑웅혈마가 제 눈가로 쏠리는 빛 때문에 눈살을 찌푸리며 대답했다.

"화산의 어린 잔당들아. 노부의 대명을 감당할 자신이 있느냐."

흑웅혈마의 어조는 몹시 엄중했다.

그러나 필시 흑웅혈마의 뒤를 오랫동안 쫓아오다가 결단을 내렸을 게 분명했다. 잔당들 누구도 위풍당당하게 일갈하는 흑웅혈마의 모습에 속지 않았다.

다른 이들은 눈치채지 못하겠지만, 오랫동안 그와 함께 해 온 나는 안다.

잔당들에게는 흑웅혈마가 접어 보인 미간이 지독하게 악독해 보일 것이나, 내게는 낭패를 당했다 생각하고 있는 그의 심정이 너무도 잘 보였다. 그만큼이나 흑웅혈마는 진력이 쇠한 상태였다.

가뜩이나 이 화산의 잔당들은 어린 치들로만 구성된 게 아니라 원로급 인사도 포함되어 있었다.

눈이 멀어서 흑웅혈마를 바로 보지 못했지, 흑웅혈마의 목소리를 듣는 순간에 원로는 눈을 뜨기 직전의 심 봉사같이 얼굴을 파르르 떨었다.

"개(開)……진(陣)……."

지독한 원한이 담겼다.

얼굴마냥 떨리고 있던 원로의 입술이 비로소 열렸다.

구성은 원로를 포함하여 총 십칠인.

눈먼 원로가 제일 먼저 원숭이처럼 몸을 날렸고, 나머지 열여섯이 재빠르게 진형을 갖췄다. 그러면서도 열여섯은 그들이 추적한 상대가, 그들 전체가 합격진을 갖춰야 할 만큼 굉장한 인사라는 사실을 깨달아 순간에 고취하는 것이었다.

"상제께서 이 늙은이를 데려가시기 전에 천추의 한을 풀 기회를 주시는구나! 저자는 대마두 흑웅혈마이니라."

흑웅혈마의 정체가 밝혀지자, 십육인의 눈에 핏발이 섰다.

그렇듯 붉게 충혈된 눈들에 그들조차도 주체 못할 희열이 스치고 지나갔다.

"허니 이 마두의 힘이 빠졌다 하여 방심치 말거라. 아니지 아니야. 희생을 감수하더라도 반드시 사로잡아야 할 것이다. 모두 명심하거라."

옛!, 따위의 대답은 없었다.

한마디 말조차 내뱉을 힘을 흑웅혈마를 노려보는 데 싣고 있었다.

흑웅혈마는 본인이 사경(死境)에 임박한 것을 모르지 않았다. 그래서인지, 남은 기운 한 점까지 끌어올리고 있는 그의 모습에서 동귀어진의 수가 엿보였다.

살아서 이 자리를 벗어날 길이 없어 보이니, 한 명이라도 더 저승으로 데려가겠다는 것이다.

흑웅혈마의 마음이 그러하니, 이들은 흑웅혈마를 사로잡지 못할 것이다.

이들의 손에 흑웅혈마가 죽어버린다면? 흑웅혈마의 잘린 목을 받아들고도, 나는 지금의 마음가짐을 과연 유지할 수 있을까?

흑웅혈마를 불구지천의 원수로 대하고 있는 이들과, 동귀어진을 마음먹고 있는 흑웅혈마가 대치하고 있는 광경은 스쳐보기에도 꽤나 불편한 광경이었다.

다른 누구도 아닌 이 내가, 자극이 일 때마다 심경이 변하고 마는 것이 무척이나 위험한 일이라는 사실을 다시금 깨닫게 만들어 주고 있는 광경이었으니까.

"흡!"

"무엇⋯⋯!"

흑웅혈마뿐만 아니라 자리한 모든 이들이 놀란 숨을 뱉었다.

그때 흑웅혈마와 얼굴을 마주하였다.

실로 오래간만이었다.

그가 너무도 반가웠다.

흑옹혈마가 놀란 눈으로 내 얼굴을 향해 기염을 토했다. 교주니이이임!. 그의 눈빛이 강렬했다.

"의마가 못 찾을 만하구나. 어쩌자고 이런 위험을 자초한 것이냐."

나는 그렇게 말한 다음, 잔당들로 고개를 돌렸다. 그리고는 그들에게도 중얼거리듯 말했다.

"너희들을 죽이고 싶지 않지만 어쩌겠느냐. '그것'의 잔재가 이렇듯 남아있거늘……. 너희들은 목숨이 붙어있는 한, 본교에 복수를 하려 들 것 아니냐. 지금까지처럼 말이다."

진심으로.

열일곱이나 되는 목숨을, 오늘 거두고 싶지 않았다.

생명에 높고 낮음이 없다.

하지만, 이 이기적인 마음을 내 주제에 어찌할 수 있을까.

안을 경계해야 함을 안다. 그렇다고 해도 나와 관계를 맺지 않은 타인의 생명보다도 교도들의 안전이 우선이라는 생각은 변치 않는 것이었다.

그러니 저마다의 몸에서 자리한 선천진기가 생생한 그

느낌으로 내게 애원해 오는 것 같았다.

이렇게.

우리를 죽이지 마시오. 교주는 우리의 운명을 좌지우지 할 자격이 없소. 교주나 우리나 하등 다를 바 없는 미물에 불과하지 않소. 교주가 경계해야 할 것은 우리가 아니라 교주 자신이오. 보시오. 그렇게나 쉽게 우리를 죽이려 하지 않소이까. 그런 마음가짐으로는 오늘 열일곱의 목숨을 거두나, 내일 일만칠천의 목숨을 거두나, 모레 백칠십만 의 목숨을 거두나 모두 같은 것이오. 그간 교주가 거둬간 목숨이 얼마나 되는지 알고나 있긴 한 것이오리까?

한편.

이 황당무계한 젊은 놈은 대체 어디서 어떻게 나타난 거지?, 라는 생각들이 고스란히 드러난 얼굴들 사이로 원로의 모습이 시선 안으로 크게 들어왔다.

노인은 완전히 새파랗게 질려서 입술만 어버버 떨고 있었다.

뭔가를 간절히 말하려는 것 같아 보이나, 말문이 제 마음과는 달리 열리지 않는 것처럼 보였다.

원로는 내 목소리를 들은 적이 있었던 모양이다.

어디였나?

화산? 사협? 석가장? 황성?

화산의 잔당들을 마주했던 큰 전투는 그렇게 손에 꼽을 수 있으나, 작은 전투들까지 전부 헤아리자면 온통 피에 젖은 기억들로 끊임이 없었다.

정말이지 어지간히도 죽이고 다녔다.

하!

분조에 집결한 이들까지 전부 죽여 버리지 않은 것을 다행이라고 생각하기에는, 이미 온 천하에 흐르는 피가 큰 물줄기를 이루고도 남았다.

그때는 십이양공을 대성하지도 않았다.

그렇지만 당시에 지닌 힘만으로도 천하를 피로 물들이지 않고도, 그때 직면했던 문제를 해결할 다양한 타개책들을 생각해 낼 수 있었을 것이다.

하지만 이제는 십이양공까지 대성하여 탈인지경에 이르고 말았다.

그러니 아끼고 사랑하는 이 세상이 당면한 가장 큰 위협은…….

"아는 목소리입니까?"

누군가 원로에게 다급하게 물었다. 원로의 반응이 심상치 않기에 그렇게 물었던 자 또한, 눈빛이 더욱 날카로워졌다.

원로의 입술이 아주 힘들게 둥그렇게 말렸다. 원로가 하고 싶었던 말은 도망쳐!, 인 것 같았다.

"도성에서였을까⋯⋯."

나는 끝까지 그를 기억해내지 못했다.

그나마 그가 화산파의 노고수라는 점에서 생각해 본다면, 자신문(子神門:황성의 정문)으로 가는 길목에서 나를 기다리고 있던 아홉 명의 노(老)결사대 중의 한 명일 수도 있었다.

그날도 많은 이들이 죽었다. 그때를 떠올리는 것만으로도 당시에 일었던 온갖 비린내들이 맡아지는 듯싶었다.

물론 후회는 있다.

하지만 그렇게나 크게 회한(悔恨)하는 마음이 들지 않는 것은 또 왜일까. 찾고자 한다면 돌이킬 수 있는 방법이 존재하기 때문일까.

이 세상 어딘가에 흩어져 있을 인과율의 현신 때문에?

아서라.

어찌 인간 따위가⋯⋯. 존엄한 인과율의 현신을 데우스 엑스 마키나(deus ex machina)쯤으로 여기다가는⋯⋯.

나는 억지로 마음을 짓누르며 한걸음 내디뎠다.

합격진이 반응하려고 할 때였다.

쉐에엑!

원로가 사문 제자들을 저지하는 기운을 퍼트리는 동시에, 내게 몸을 던져왔다.

잠깐이나마 사문 제자들이 도망갈 시간을 벌어주기 위해서였겠지.

추레한 늙은 노인으로 꾸며놓고도, 날아오기로는 득달과 같다. 두 눈을 번뜩이면서 더러운 외관 안에 감춰두었던 성명절기를 드러냈다. 노인의 검이 허공에 매화꽃을 수놓았다.

한 땀 한 땀.

하지만 꽤나 빠른 은광(銀光)이 진실을 가리려는 거짓처럼 참으로 바쁘게도 움직여댔다.

허초 속에서 진짜 살초가 있다. 그 많은 허상 속에 깃들어 있던 진짜배기가 내 얼굴을 향해 쭉 날아온다. 노인의 검이 그대로 멈췄다.

지면에서 높이 띄워져 있는 노인의 몸이나, 두 눈을 부릅뜨고 있는 얼굴들 또한 모두 멈춰버렸다.

한없이 느려져, 꼭 멈춘 것이나 다를 바 없는 시간 속에서였다.

노인을 본래 출수했던 그 자리로 옮겼다. 그런 다음 극

한의 시간대를 만들어버린 날 선 감각을 풀어버리려 했다
가, 그만두었다.

여기는 앞으로 당면할 사건들의 축소판이라 해도 무리
가 아니었다.

저 아래 분조가 똬리를 튼 땅에는 연조의 병사들과 신
하들 그리고 아직도 포기하지 않은 정도 잔당이 한데 집
결해 있다.

병사들은 그들의 가족 품으로 돌려보내면 되지만, 공맹
을 공부한 연조의 신하들과 이미 본교에 의해 멸문지화를
당한 정도 잔당들은 그리 쉽게 해결되지 않는다.

추방한들 복수를 위해 아니 결집할까.

그렇다고 평생 가둬놓은들 죽여 버리는 것과 무엇이 다
를까.

아아, 나는…….

내게서 대답이 없자, 흑웅혈마는 십칠인의 상태를 직접
확인했다. 십칠인 모두는 갑자기 수마(睡魔)가 찾아온 아
이처럼 곤히 잠들어 있는 것처럼 보인다. 하지만 그들 모
두는 죽었다.

"심, 심검지경(心劍之境)마저 이룩하신 것이옵니까?"

그런데 흑웅혈마 또한 나를 잘 알고 있었다.

나를 다시 불렀을 때에 그의 목소리에는 기뻤던 감정이
사라져 있었다.

"교주님……."

흑응혈마의 끝말 흐린 그 목소리가 나를 위로하는 것처
럼 들렸다.

"이들 중에 면식이 있는 자가 있었습니까? 신경 쓰이는
자가 누구이옵니까?"

흑응혈마가 더 이상 내게 가까이 오지 않은 채로 물었
다.

고개를 들어 쳐다본, 흑응혈마의 얼굴에는 혼란스러운
마음이 진하게 번져 있었다.

아!

그런 식으로 눈을 부릅떴던 흑응혈마가 또다시 말꼬리
를 흐렸다.

"설마……."

나는 얼굴을 굳히며 거기에 대고 고개를 끄덕였다.

"잠시 쉬고 있거라. 내 오늘 직접 연조를 끝내야겠다."

                    *   *   *

하북, 하남, 호북, 호남.

사실상 본교에 의한 천하통일이 목전에 있어, 중원 중의 중원인 그곳 사성(四省)이 연조의 패망을 인정하였을 때에도, 강서를 비롯한 광서, 광동, 복건, 이하 남쪽의 삼성 일대는 도리어 본교를 질타하고 결사항전을 내포한 성명을 냈었다.

　본시 연조가 태동했던 곳이 강서성이고, 그 옛날 연조의 반석(盤石)으로 연조의 천하통일에 강력한 힘을 실었던 곳이 광서, 광동, 복건성, 대륙 남부다.

　그러니까 연조를 두고 말할 때 본교의 혈산을 강서성으로, 본교십시는 이하 남쪽 삼성으로 비견할 수 있었던 것이다.

　때문에 연조의 나누어진 조정이 강서성을 근간으로 시작되는 것이 조금도 이상한 일이 아니었다.

　다시 생각이 날 수밖에 없다.

　나는 일망타진을 계획하고 있었다.

　그건 참으로 끔찍한 계획이었다.

　우리 혈마군은 마치 쥐몰이를 하듯이, 강서성을 크게 우회하기로 되어 있었다.

　그래서 종국에는 본교에 반하는 모든 목숨들을 강서성에 몰아놓고서, 인명이라고는 조금의 가치도 없었던 춘추전국시대에서처럼 그들 수십만 명을 무참히 제거할 계획이었다.

그렇게 이 손으로 한 명 한 명 모두를 갈라버리려 했다. 그것으로 천년교국(千年敎國)의 기틀을 마련하려 했다.

그래. 그랬었다.

차라리 그때 전부 끝내 버렸더라면…….

"게……. 게 아무도 없느냐!"

태자 율이 바깥에 대고 소리를 질렀다.

늙은 나이까지 황좌를 차지하고 있던 아비 때문에, 장성한 나이에서도 그는 줄곧 태자의 신분이었다.

허나 지금은 연조의 구심점으로, 그가 두르고 있는 침의는 오로지 황제만이 입을 수 있는 황색(黃色) 비단으로 지어져 있었다.

바깥은 역시나 조용하기만 했다.

위험을 감지한 태자가 제 머리맡의 벽 쪽에 걸려있던 검부터 뽑아들었다.

검을 쥔 자세로는 최근부터 검술을 연마하기 시작한 것 같았다. 그렇지만 평정을 되찾지 못한 검 끝이 파르르 떨리고 있을 뿐이니, 그도 그것으로는 제 몸을 지킬 수 없다는 것을 깨닫고 살길을 찾아 눈동자를 열심히 굴렸다.

"내게 검을 겨눴던 자는 모두 죽었다. 그러니 쓸데없는 짓은 생각지 말라."

나는 조용히 말했다.

티끌만 한 공력으로도 태자를 강제할 수 있을 테지만 그렇게 하지 않았다. 태자가 검을 휘둘러 왔을 때에도 그랬다.

태자도 애초에 나를 대적할 수 있다고 생각한 적은 없었던지, 내가 자리를 비켜서자마자 검을 휘두른 그대로 문밖으로 뛰쳐나갔다.

태자는 무작정 복도를 달리며 소리쳤다.

그러나 그를 구원해 줄 이는 누구도 없었다.

심지어 진이 발동되면서 맡아져야 할 대나무 향기조차 없고, 모습을 감추고 있어야 할 금위의 호위고수들마저도 정도의 노 고수들과 함께 잠든 듯 쓰러져 있는 광경들뿐이었다.

태자는 복도 밖 넓은 뜰까지 달려 나갔다.

그때 그렇게나 사력을 다해 놀려대던 태자의 발이 멈췄다.

태자는 그의 침전(寢殿)을 중심으로 한 커다란 방진(方陣)에 가담하고 있던 무공 고수 전부가 미동 하나 없이 쓰러져 있는 광경을 본 시점에서, 검 또한 놓아 버렸다.

그리고는 하늘을 우러러보다가, 뭔가 드는 생각이 있었

는지 주변을 두리번거렸다.

그가 나를 발견하고 말했다.

"하면 그대는…… 혈마교주…… 교국왕이겠구려."

피비린내 하나 없이 조용하기만 했다.

그렇게 전원이 잠든 듯 쓰러져있다고 해도, 쓰러질 때의 그대로, 비정상적인 자세들로 미동 하나 없어서 평온한 광경이라고는 부를 수 없었다.

"하하."

태자의 입술 사이로 웃음소리가 나왔다.

"상제께서 사천장군을 보낸다 한들, 이 율의 신변에는 위험이 없을 거라 호언장담하더니……. 어찌 그리들 한 말씀이 없으시오."

앙천(仰天)한 태자는 허탈하면서도 지극히 슬픈 표정으로 중얼거리면서 걸음을 옮겼다. 나는 술에 취한 듯 비틀거리는 그 등 뒤에 대고 뇌까렸다.

"그 밖으로 나가면, 더 많은 인명들이 다치게 될 것이다."

"지금. 인명이라 하시었소?"

태자가 내게로 등을 휙 돌렸다.

나는 고개를 끄덕였다. 사방에 널려 있는 시신들이 아니 보려도 계속 보인다.

그들 모두는 태자의 침전을 지키고 있던 이들이다.

연조로부터 추리고 추려진 인물들.

근위 갑옷을 입은 자들은 결코 회유되지 않을 인물들이며, 각양각색의 도복을 입은 자들은 본교에게 멸문지화를 당해 복수를 위해서라면 연조의 개를 자처할 무림 잔당들이다.

나와 그들이 무엇이 다르다고, 그 많은 사람들의 생사를 내 마음대로 결정 짓을 수 있겠냐만은…….

'그것의 잔재'에서 벗어나기에는 너무도 많은 일들이 이미 뿌리를 내렸다.

원인이 발생했으니, 이제 결과가 남아 있음이다.

모든 걸 무(無)로 돌려 버리지 않은 이상, 그들의 복수심을 막을 수 있는 게 무엇있을까.

과거의 혈겁을 '그것의 잔재'로 뉘우친다 한들, 달라지는 것이라고 해봤자 이 이기적인 인간이 죄악(罪惡)을 느낄 수 있느냐, 없느냐의 차이밖에 없다.

그들이 복수심을 품을 수밖에 없게 된 만큼, 그들을 제거할 수밖에 없게 된 이 상황이야말로 인과율의 지독한 말로인 것이다.

이번에도 인과율은 내 발목을 붙잡고 있다.

크큭.

그때, 나를 빤히 보고 있는 태자의 시선이 느껴졌다.

그는 나를 이상한 눈으로 쳐다보고 있었다. 직전에 흑웅혈마가 보여주었던, 그 눈이었다.

"그동안 얼마나 많은 목숨들이 비명에 갔던가."

내가 말했다.

태자는 아둔하지 않았다. 그는 모두 당신이 죽였지 않소!, 라며 내게 손가락질을 하는 대신에 바닥에 주저앉았다.

그리고는 제 앞자리를 가리켜 보여, 대화할 준비가 되어있음을 드러냈다.

"하려던 말을 해 보시오. 경청하리다."

나도 그 앞에 앉았다.

태자와 나의 거리는 불과 세 걸음.

나를 정면으로 마주하게 된 태자는 침착하려고 애쓰는 모습이 역력했다.

하지만 속내가 보였다.

그는 내가 휴전을 말하기 위해 온 것이 아닐까, 일말의 기대를 가지고 있었다.

일전에 본교와 대국이 휴전을 했었던 적이 있거니와, 내가 잠깐 보여주었던 모습 또한 그러한 기대를 가지게 만들기에 충분했다.

나는 그것부터 언급했다.

"휴전으로 더 이상 피를 흘리지 않을 수 있다면, 그리했겠지."

모두 죽어 열린 귀라고는 우리 둘뿐이었다. 나는 솔직하게 말했다.

휴전은 물론 철군까지도.

흡!

태자의 눈이 크게 떠졌다.

"허나 누구나 알다시피, 너무 멀리 오지 않았는가. 그대가 연조에는 더는 천기(天氣)가 없음을 천하 만민에게 선언할 결단을 내릴 수 있다면, 죽지 않아도 될 인명들이 더 늘어날 것이다. 오늘 이후로 연조의 이름을 지울 수 있겠는가?"

"하!"

태자는 짧게 탄식했다가 픽 웃어버렸다.

"그 말을 하시려 이러한 걸음을 한 것이오? 헛되었구려."

태자가 고개를 설레설레 저으며 말했다.

"황하가 띠와 같이 좁아지고 태산이 숫돌과 같이 작게 될지언정, 충정한 이 땅의 사민들 마음에서 본조의 이름을 어찌 지우리까."

그가 계속 말했다.

"교국왕은 사람 죽이기를 썩은 나무 꺾듯이 할 수 있소. 이리 보고 있는데 왜 모르겠소. 허나 온 사민을 전부 베지 않는다면 대(大) 연의 이름이 어찌 천하에서 잊혀지겠냔 말이오."

태자의 눈에 또렷한 빛이 서렸다.

"충정한 사민들이 있는 한 본조의 사직은 무너지지 않소. 교국왕이 정녕 바라는 바가 본조의 멸이라면, 온 사민을 전부 베어야 할 것이며, 그렇다면 본조의 땅을 차지하는 것이 교국왕에게 무슨 의미가 있겠소. 본조의 땅은 넓고 넓어, 교국왕이 열열사막에서 데리고 온 이족(異族) 십만은 한 성, 아니 한 도시를 채우지도 못할 것이오."

본인의 생명이 얼마 남지 않았다는 것을 깨닫고 만 것일까.

한 번 터진 말이 봇물 터지듯 계속 이어졌다.

"이 율은 교국왕의 저의를 모르겠소. 정녕 십만의 이족만으로 만천하를 다스릴 수 있을 거라 생각하는 것은 아닐지언데. 허면 소인(小人)들이 하는 말마따나, 교국왕은 흉포한 성정으로 사람 죽이기를 좋아하여 큰 전란을 일으킨 것이오? 아니면 북방의 야인들 같이 곡식과 우마(牛馬)를 취한 뒤에 다시 열열사막으로 돌아갈 요량인 것이오?"

태자의 손이 내 어깨너머를 가리켰다.

"북방의 야인들과 같은 요량이라면, 이 전란을 계속할
필요가 무엇있겠소. 가져가시오. 전부 열열사막으로 가져
가시오."

"못 한단 말이로군."

"무얼 기다리시오. 자 내 목은 여기 있소. 나를 죽이면
나의 손들이 그 뒤를 이을 것이오. 그 모두를 죽이면 나의
형제들 그 뒤를 이을 것이오. 형제들을 죽이면 형제의 손
들이 뒤를 이을 것이오."

태자가 목을 길게 뺐다.

"하물며 본조의 충정한 사민들은 어떨 것 같소? 지금
이 율의 목을 베고, 십만의 이족들에게 명하여 본조의 병
사들을 칠 수 있을 것이나, 본조의 땅에 도의(道義)를 아는
이들이 남아 있는 한, 교주는 결단코 천명(天命)을 받지 못
할 것이오."

기개를 드러내는 태자였으나, 지금만큼은 그래서는 아
니 됐다.

"내가 왜 교도들에게 피를 묻히게 하겠는가. 이 일신으
로 능히 연조를 멸할 수 있는데."

태자는 아예 눈을 감아버렸다.

"허언 같은가."

일어난 기운에 의해서, 태자의 눈꺼풀이 벌어졌다.

"이것으로 부족하더냐. 그렇겠지. 그대에게는 그렇겠지……."

나는 사방에 널린 시신들을 쓱 한 번 가리켜 보인 다음에 몸을 일으켰다.

이윽고 시선 안으로 드러나고 마는 붉은 아지랑이들이, 비록 내 것이라고는 하나 악마의 손길 같이 느껴졌다.

태자도 그렇게 느꼈던 것이 분명했다.

두 눈에서 기개가 사라지기 무섭게, 나를 쳐다보는 두 눈에 공포가 스미어 들기 시작했다.

붉은 아지랑이들이 열풍(熱風)으로 흩어지며 내 주위를 휭휭 돌았다. 그리고 내 명령에 의해서, 하늘 위로 솟구쳐 올라갔다.

그리고 뭉치고 또 뭉친다.

밤하늘에 붉은빛이 번진다.

십이양공의 극렬한 열기들이 높은 하늘 위에서 거대한 구형을 갖추었다. 그 순간만큼은 달빛마저 그 안에 묻혀 버렸다.

붉은빛으로 환해진 하늘.

거기를 올려다보고 있는 태자는 경악하기보다는, 거기에서 뭉쳐버린 위험한 힘에 어느덧 매료되었던 게 분명했다.

"해…… 해가……."

태자 율이 중얼거렸다.

＊　　　＊　　　＊

하늘을 붉게 밝히고 있는 그것에 실린 힘은 실로 넓고 큰 바다와 같아서, 태자 율은 그것의 선악(善惡)을 가릴 생각도 못 하고 그저 경이로운 시선으로 우러러보고만 있었다.

태자뿐만이 아니다.

침전(寢殿) 밖, 더 나아가 성벽 밖의 만민들도 모두 같을 것이다. 천하를 시산혈해로 만든 악귀와 마교의 무리에게 복수를 부르짖던 이들도 그 순간만큼은 아무런 생각 없이 바라만 보고 있을 것이며, 잠에 들지 못해서 칭얼대던 아이들도 제 부모처럼 조용해졌을 것이다.

길거리 방사들이 길흉을 점치고 있을지도 모르는 일이다.

나는 그들 모두에게 분명히 말해 줄 수 있다. 저 붉은 태양은 악이며 흉이다. 무수히 많은 생명을 앗아갈, 극도로 끔찍한 것이다.

그러니 우러러보지 마라……

* * *

화근을 제거해야 하지만, 꼭 그래야만 하는 대상으로 국한하여 내 손으로 거둘 목숨을 최소화하고자 했다. 그렇다 하여도 수많은 목숨들을 거둬야 한다는 것을 알기에, 나는 화산의 잔당들이 흑웅혈마를 해치려 했던 이유와 그들을 제거해야만 했던 이유를 몇 번이나 되새김질했다.

태자는 저 하늘에서부터 뻗어오는 빛에 얼굴이 주홍빛이 물든 그대로, 얼굴을 떨었다. 무엇을 말하려고 했다. 떨리는 그 입술 사이에서 나올 말이 내 결단을 흔들까, 나는 먼저 말문을 열었다.

그에게 말하지 않고서는 견디기 어려울 것 같았다.

"이미……. 오는 길에 이미 결단하고 있던 일이었다."

태자는 내가 무슨 말을 하는지 정확히 이해할 수는 없어도, 대충은 눈치챈 것 같았다. 그래서 그의 고개가 하늘을 향해 다시 번쩍 들려졌다.

그제야 태자는 하늘에 펼쳐진 징조가 신묘하고 성스러운 것이 아니라, 수많은 목숨을 앗아갈 위험한 기운이라는 것을 알아차린 얼굴이었다.

그래도 거기서 느껴져 오는 기운은 이제 갓 검을 익히기 시작한 이까지도 절실히 느낄 만큼 웅혼해서, 태자는 결국 아무 말도 못 하는 것이었다.

"지금이라도 연의 이름을 지울 수 있겠는가?"

태자는 혓바닥 대신 파르르 떨리는 두 눈으로 간절하게 말해왔다.

그런 일이 있을 수는 없다고.

"그래. 어쩌면 그러한 대답을 듣기 위해 온 것인지도 모르겠구나. 그것으로 이 마음을 조금이나마 덜어낼 수 있을까 하였지만……. 역시 쓸데없는 짓이었다."

나는 괴로운 마음이 들키고 싶지 않아, 눈 쪽으로 힘을 더 줬다.

"지금 죽을 목숨들은 그대의 탓이 아니다. 이 나의 업과(業果)인 것이지. 나의 업과다."

말을 마친 그 순간, 하늘 위로 붉은빛이 선명하게 번뜩였다.

그때였다.

밤하늘의 그것 안에서 일순간에 쏟아져 나온 무수히 많은 기운들은 각각 일점만 한 크기로, 마치 붉은 빗방울들이 우수수 쏟아져 내리는 것처럼 보였다.

침전 바깥부터 성벽 안으로 한 성내 전체로 붉은 빗줄기가 빠르게 한번 쏟아져 내렸다가, 단번에 그쳤다.

그때에도 붉은 태양 같아 보이는 그것은 여전히 밤하늘 중심에 오롯이 떠 있었다.

"꺄아아악!"

한두 군데에서 나는 소리가 아니었다.

침전 담 너머로 시비들의 비명 소리가 사방에서 울려 퍼졌다.

너무나 놀란 궁녀들의 울부짖음은 흡사 귀곡성(鬼哭聲)과 같아서, 태자의 안색이 새하얗게 변했다.

"무, 무슨 짓을 한 게요."

태자는 어쩌면 눈치챘으면서도 그렇게 물어왔다.

인정하고 싶지 않아서였을 것이다.

그때 침전 남쪽으로 난 문이 힘겹게 열리기 무섭게, 궁녀 하나가 쏜살같이 뛰어 들어왔다.

하지만 뜰 안의 광경을 본 그 즉시, 굳어 버리고 말았다.

이어서 들어온 궁녀들도 마찬가지였다. 그녀들이 태자를 발견해 소리를 질렀는데, 태자는 모두에게 가까이 오지 말라고 엄명을 내렸다.

그러는 태자는 어느덧 활짝 열려 버린 남쪽 문 밖의 광경을 바라보고 있었다.

문 안쪽만으로도 죽은 근위들과 정도 잔당들의 시신이 꽤 많이 보였다. 그리고 시신이 누운 각각의 자리로 시신 어디에서 새어 나온 핏물이 의복에서 젖어 나와 지면까지도 스며들고 있었다.

궁녀들이 태자의 명을 어기기 시작한 것도 바로 그때였다. 내가 뒤로 물러선 자리로 뛰어온 그녀들이 태자를 에워쌌다.

하지만 누구도 공력을 품은 이는 없었다. 공력을 품고 있던 이들은 직전의 붉은 소나기를 피하지 못했다.

너무도 허망하게 가버린 그네들의 목숨에 한을 품어 원귀가 되어 버린 것은 아닐까, 사방에서 흩어지고 있는 선천진기들이 하나하나 느껴진다.

또한 조금만 감각을 줄이면, 시신에서 흩어져 나와 성 안에 넓게 포진되어 있는 선천진기들은 마치 거대한 기운의 흐름처럼 다가온다.

너무도 많은 목숨들이 갔다.

"비키지 못하겠느냐!"

태자가 궁녀 몇을 밀어트리며 그 무리 안에서 빠져나왔다.

그리고는 남쪽 문밖을 확인한 그는 문 앞에서 주저앉아 일어나질 못했다. 태자에게 몰려간 궁녀들은 그에게서 뭔가를 느꼈는지, 그 주위에 엎드려 애걸복걸하고 있었다.

그 무렵, 나는 죽은 이들의 수를 다시 헤아리고 있었다. 하나도 빠짐없이 상세히 알아야만 했다. 그리고 절대 잊어서는 안 됐다.

그런데 또 돌이켜보면, 훗날 오늘 이 끔찍한 혈겁을 잊을지도 모르겠다는 생각이 들었다. 그런 일이 있어서는 안 되었다.

정확한 수는 3천 2백 4십 9명이다. 단 한 번에 그만큼의 목숨이 사라졌다

손바닥의 피부를 벌렸다.

피부가 얇게 갈라졌다가 빠르게 아물어지면서 붉은 흉터가 자리했고, 그렇게 손바닥 안에 '3266'라는 숫자 문신이 새겨졌다. 오기 전에 죽였던 화산의 잔당 십칠 인까지 더한 것이었다.

두려워하고 원망하는 궁녀들의 시선과 함께, 망령(妄靈)된 눈을 하고 있는 태자가 보였다.

터벅터벅.

태자에게 걸어갔다.

순간에 늙어버린 태자는 나를 쓱 올려다봤다가 고개를

푹 숙였다. 그는 모든 의욕을 잃어버렸다.

태자를 감싸고 있는 궁녀들의 수는 어느덧 더 불어 있었다.

하지만 내가 기다리고 있는 자들은 그녀들, 궁녀가 아니었다. 죽은 근위와 무림 잔당들이 하늘의 급살을 맞아 죽은 것에 크게 놀라 도망치고 있는 대신들이야 신경 쓰지 않아도 됐다.

하지만 이 와중에도 병사들을 이끌고 허겁지겁 달려오고 있는 이들, 제 목숨보다도 태자의 안위부터 챙기는 연조의 충신들은, 이 땅에 새 나라가 세워진 이후에도 옛 나라의 부활을 위해서 어떤 짓이라도 서슴없이 할 인사들이었다.

앞으로는 무림 잔당들의 칼보다 그들의 붓이 더 무서워질 것이다.

*　　*　　*

문신, 무신 할 것 없이.

대신들은 도성에 주둔하고 있던 병사들을 전부 끌어 왔다.

그러나 일순간 열풍(熱風)이 일어나며, 그들이 거쳐 왔던 문들이 큰 소리를 내며 저절로 닫히는 동시에 그들이 데려왔던 병사들 또한 한 명도 빠짐없이 일제히 혼절해 버렸다.

한 번 닫혔던 문들은 그들이 무슨 수를 써도 열리지 않았다.

진실로 억울하게도, 야비한 것들은 살아나고 충직한 인사들은 죽게 된다.

곧 사그라질 인사들의 목숨을 위해 내가 해 줄 수 있는 일은, 그네들의 마지막 말을 들어주는 것뿐이었다.

태자를 중심으로 한 무리 안에서 온갖 소리들이 튀어나왔다.

"성 밖엔 이족들로, 성안엔 이족들의 흉왕으로 어지로우니. 원컨대 본 사직의 창생(蒼生)을 구제하소서!"

"저 간악한 야인으로 국가가 편치 못할뿐더러 천자의 안위도 한 치 앞을 모르게 되었습니다. 이 원통함이 하늘까지 이르를 수만 있다면, 어찌 검을 들어 아니 외치지 못하겠습니까!"

"종사의 안위를 돌보지 않고, 은총을 탐하며 녹을 마구 받아서 한 몸의 계책만을 위하는 것들 때문에 본 조정이 이 지경에 이르는구나. 허나 나 조위는 너희 서쪽의 야인들이 오랜 세월 간사하고 음험한 생각을 품고 있음을 모르지 않았다. 명심하고 있거라. 내 오늘 죽더라도, 네놈은 정대(正大)한 도의를 결국 마주하게 될 것이니라."

나는 그들과 대치하고 있는 곳에 오롯이 선 채로, 그들이 하는 말들을 가만히 듣기만 했다.

오랫동안 망연자실하게 쓰러져만 있던 태자가 비로소 몸을 일으키려 하자, 사정없이 뛰어 오르던 말들이 사그라들었다.

"경들은 무리하지 마시오. 교국왕이 홀로 죽인 수가 십만을 넘는다더니……. 이제야 믿기는구려. 그러할진데 관을 쓴다 하여, 어찌 천기(天氣)가 감응하여 일어나겠소. 교국왕은 그가 짊어진 업보에 의해서 스스로 자멸할 테니 말이오."

태자가 쓸쓸히 웃었다.

그는 깊게 탄식을 한 뒤에, 모두를 둘러보며 마지막 말이 분명한 말을 남겼다.

"해도 생사가 당장 앞에 있구려. 그러나 충정한 경들이 옆에 있으니 안심이 되오. 짧게나마 분조를 이끌었으나, 그래도 부덕(不德)하지는 않았던 것 같소."

"전하아아아아!"

모두의 목소리가 한 입에서 나오는 것과 같았다.

"더 할 말들은 없는가?"

내가 말했다.

대신들이 태자를 돌아보고, 태자는 고개를 저어 보였다.

무관은 당연하고, 비록 문관이라 할지라도 대부분이 검을 들고 있었다. 태자도 바닥에 떨어져 있던 검 하나를 집어 든 후였다.

나를 저주하고, 하늘에 원망을 토로하거나 구원을 요청하는 말들이 쏟아진 다음이었다.

"한 잔의 물을 떠낸다 하여도 강하(江河)에는 손실이 없으며, 뜬구름이 잠시 가리운다 하여 태양에 무슨 휴손(虧損)이 되지 않는 법이다. 우리들의 죽음 따위가, 본조가 이뤄낸 대의에 영향이 있을 것 같으냐."

태자의 그 말이 정말 마지막 말이었다.

그는 누가 말릴 새도 없이, 검을 들고 뛰어오기 시작했다.

문관 그리고 무관들 또한 기합을 내지르며 그 뒤를 따랐다.

천하 통일 이후, 수백 년 동안 천하를 이끌어 온 조정다운 최후라고 생각했다.

비록 결국 죽고 마는 것은 매한가지라고는 하나, 이랬던 이들이 과거의 '그것'에게 무참히 살해되었다면, 그것만큼이나 원통스러운 일이 따로 있을까 싶었다.

휘이이.

그들이 모두 쓰러진 다음에, 아주 가벼운 바람이 일어났다.

굳게 닫혀 있던 문들은 아예 산산조각 나며 바깥을 크게 드러냈다.

성안에서 아직 살아남아 있는 이들은 궁녀들과 혼절한 병사들뿐이다. 혼절한 이들은 당연히 말이 없고, 궁녀들은 나를 보자마자 도망치거나 굳어버렸다.

그 큰 성내가 한없이 조용하기만 했다.

쓸쓸한 길을 걸었다.

이윽고 시전(市廛)으로 가는 길을 막고 있는 거대한 철문이 앞으로 크게 넘어갔다.

쿠웅!

시전은 아닌 밤중에 갑자기 나타난 괴이한 태양과, 성안으로 들어간 병사들 때문에 사람들이 가득 몰려있었다. 사람들이 이쪽을 보면서 웅성대고 있던 것도, 일제히 멎어버렸다.

나는 세상을 여전히 주홍빛으로 만드는 태양을 머리 위로 두고서, 입술을 열었다.

"금일금시, 연조는 멸하여 없어졌느니라. 패망한 옛 조정의 병사들은 본 교국으로 귀의하거나 고향으로 돌아가 삶을 영위하라."

그때 손바닥 안의 문신은 3266 에서 3381로 변해 있었다.

제3장

풀리지 않을 의문

　흑웅혈마는 여전히 그 자리에서 가부좌를 튼 채 앉아
있었다.

　깊은 산림 속의 어둠에 잠겨있는 그 모습은, 오랜 세월
이 숲의 왕좌를 지켜온 호랑이가 늙고 지쳐 깊은 잠에 빠
져 있는 듯했다.

　나는 기척을 내지 않고서 화산 잔당들의 시신들을 묻어
준 다음, 그를 품 안에 안았다. 그럼에도 불구하고 그의
눈은 떠지지 않았다. 깊은 잠에 빠져들었을 뿐 생명이나
진력에는 지장이 없을 터였다.

　합비로 돌아왔을 때, 단연 제일 먼저 느껴지는 바는 소

름 끼칠 만큼 조용한 분위기였다. 한밤중인 것을 감안하더라도 그 정도가 심하다. 천하 동부의 문물이 모였다가 흩어지는 대도시의 밤이, 버려진 유령 도시 만큼이나 음산하기 짝이 없다.

대전으로 들어가는 길목으로, 시전에 내걸린 오십 인의 망가진 사체가 보였다.

언뜻 스쳐 가는 기억이 있었다. 그들 모두는 오랜 기일 동안 대전 침소에서 은신하고 있다가 나를 암살하려고 했던, 살수들이었다.

[血魔視萬物: 혈마께서 모든 것을 보신다.]

그들의 목에 걸린 팻말이 바람에 움직거렸다. 팻말들이 썩어가는 사체의 몸에 부딪히면서 내는 탁탁거리는 소리가, 지극히 조용한 밤에 울리고 있는 유일한 소리였다.

과연, 대전의 시비들이 그간에 최선을 다해 치웠을 것이나, 침소 안에는 오십 인 전부를 양단해버렸던 흔적이 아직도 남아 있었다.

피가 물들었던 목재 일체를 바삐 교체하고, 사향노루의 향낭에서 채취한 흑갈색 가루를 걸어 둔다 한들, 피비린 내만이 잡힐 뿐이다.

내가 죽였던 자들의 흔적, 자욱하게 퍼진 선천진기를 뚫고 걸어갔다.

흑웅혈마를 침대에 눕힌 다음 바깥으로 교도를 불렀다.

아닌 밤중에 소동이 일어나지 않도록, 은밀히 돌아와 있었다. 바깥에서 일을 보고 있던 이로서는 오랫동안 비어있던 침소 안에서 혈마교주의 목소리가 났으니 크게 놀랄 만도 했다.

들어오자마자 넙죽 엎드려 몸을 떠는 이는 본교의 교도가 아니었다.

"지천무문주 마영도를 조용히 데려 오거라."

그러나 대전의 잡부는 지천무문주 마영도가 아닌, 혈마군 중 일인을 들여보냈다.

"천유양월 천세만세 지유본교 천존교주 독보염혈 군림천하 천상천하 지상지하 광명본교. 남진(南進)정벌군 이부대 이천칠백일 번. 하교 타구만(打具㵑)이 전지전능하신 교주님을 뵈옵니다."

투르크계 외모를 가진 본교의 교도가 한어(漢語)로 말하는 것은 그리 특별한 일이 아니다. 본교의 교도 삼 할 이상이 중원의 토박이들과는 다른 민족으로 구성되어 있기 때문이다.

이 교도 같은 경우에는 한어로 말하는 것이 한 점 어색

하지 않은 것으로 보면, 오래전에 본교에 귀의한 부모 밑에서 자란 십시 출신임을 알 수 있다.

그가 신의 화신을 영접(迎接)하기 위해 꽤나 오랫동안 교육받은 사제와 같이, 영광과 경외로 가득한 어조로 조심스럽게 말을 이었다.

"아뢰옵기 송구하오나, 남진 정벌군 호교(護敎) 위(位) 마영도는 부재중이옵니다."

지천무문주 마영도는 거마들 중에서는, 나와 함께 합비에 입성하였던 유일한 교도였다. 내가 그간 자리를 비웠으니 그가 나를 대리하고 있어야 함이 맞았다. 그런데 부재중이라?

조금 늦었지만, 합비 인근의 정벌을 맡겼던 바를 간신히 떠올렸다.

상념(想念)을 되짚었던 당시, 과거의 흐름에 있어서 중요한 커다란 줄기들 전부를 기억해냈지만 이와 같이 중요치 않았다 여겼던 일들은 그렇지 않았다.

"아직 복귀하지 않았구나. 하면 여기는 네가 통솔하고 있었던 것이냐?"

그가 어쩐지 바로 대답하지 못하다가, 황급히 입을 열었다.

"그러하옵니다."

"하면 소교 사휘와 복언을 알고 있느냐?"

이번에는 그렇다는 대답이 바로 들려왔다. 내가 돌아오기 전날에 합비에 들어왔다는 것이다.

"별 탈 없이 들어와 있었나 보군. 지금 복언은 어디에 있느냐?"

"창문전 내실에 있사옵니다."

"알았다. 밤중에 교도들을 깨워 소란 피울 것 없느니라. 나가는 대로 발 빠른 이를 보내 마영도와 교도들을 불러들이거라."

"존명(尊命). 지엄하신 명을 받잡겠사옵니다. 하…… 온데."

"무엇이냐."

"혈마 이장로 흑웅혈마의 행방이 묘연하다 하옵니다."

"나가 보거라."

담담하게 말했다.

"옛."

교도는 나가는 끝까지 시선을 들지 않았다. 그래서 침대에 누군가 누워 있음을 눈치챘다한들, 그가 직전에 언급했던 흑웅혈마라는 사실을 알 턱이 없었다.

복도를 따라서 끊임없이 이어진 내실 중에서도 유일하

게 그 방에서만 빛이 새어 나오고 있었다.

세상의 시간이 극한으로 느려져 멈추다시피 하던 중이었다. 그래도 이러한 세상의 속도를 초월한 온연한 빛들은 창호를 바른 종이 위로 그림자를 만들어냈다.

굳이 멈춰지는 듯한 것이 아니라하여도, 이 밤까지 잠에 들지 못하고 양손으로 머리를 감싸고 있는 모습만 보아도, 방 안의 주인이 깊은 고뇌에 빠져 있다는 사실을 말해주고 있었다.

하늘이 내린 기재(奇才).

복언은 더 이상 남장할 필요가 없었던 것 같다.

그 옛날과는 다르게, 여인네들의 옷을 입고 가지런히 빗어 내린 긴 머리카락을 고스란히 드러냈다.

한편, 아마도 저녁식사였던 음식은 아직까지도 그대로였다.

그녀는 내가 왜 본인을 구태여 찾아냈는지, 그리고 무슨 일을 맡길지 모를 리가 없었다. 그녀에게는 지난 며칠이 내가 백여 년 같이 보내왔던 지난 세월들과 다름없이 느껴졌을 것이다.

붓과 먹 그리고 종이 따위는 이미 그녀의 머릿속에 들어 있었던 것 같다. 그러한 것들은 그녀에게 필요가 없었다.

방해받지 않고 궁리할 수 있는 조용한 방이면 족하겠지.

여인네의 옷으로 갈아입고 머리만 빗어 내렸지, 며칠은 씻지 않아 얼굴에 기름기가 번지르르했다. 나는 깊은 고뇌에 빠져 있는 그녀를 바라보다가, 날이 선 감각을 천천히 풀었다.

크게 놀란 복언의 눈이 부릅떠졌다.

그러나 그녀가 경악하다시피 놀란 이유는 내가 귀신같이 나타났기 때문이 아니었다.

그녀가 예상했던 뭔가가 이번에도 또 틀어졌던 것이 분명하게도, 그녀는 궁금함을 참지 못하고 그것부터 언급했다.

물론 인사는 생략된 채로.

"천년 교국의 반석을 제게 궁리케 하실 요량이시라면, 모든 걸 제게 설명해 주셔야 합니다."

"무엇을 말이냐."

이번에도 복언의 눈빛이 심상치 않게 변했다.

"천외지경(天外之境)에 달한 교주님의 공능이야 이제는 만천하가 아는 일입니다. 헌데 땅에는 땅의 일이 있고, 하늘에는 하늘의 일이 있는 것이겠지요. 제가 지상의 일을 알맞게 꾸민다 하여도, 하늘 바깥의 일이 다망한 제 노력을 허사로 만들 것입니다."

그녀가 계속 말했다.

"제게는 하늘 바깥의 일까지 읽을 만한 능력이 없습니다."

마치 미간의 할라를 극도로 수련한 것마냥, 천하의 흐름뿐만 아니라 내 일신의 변화까지도 내다보는 혜안을 지닌 기재였다.

하지만 초자연적인 존재나 그러한 능력을 대입시키지 않고서는 설명될 수 없는 많은 일들이, 그동안 분명히 있어 왔다.

복언은 그걸 말하는 것이었다.

복언이 처음 만났던 당시에 그렇게 물어왔다면 들려줘야만 했을지도 모른다. 하지만 지금은 그래야 할 이유가 사라졌다.

인과율을 계산할 줄 아는 라쿠아와 그녀가 품고 있을 복수심이 마음에 걸리긴 하지만…….

그건 내 일이다.

복언이 할 일은 본교에 의해 새로이 통일된 중원을 안정시키고, 본교의 교리에 더불어 시대상을 제대로 반영하여 조화를 이뤄내는 것이다.

제아무리 하늘이 내린 기재라 할지라도. 그 일만으로도 몹시 벅차다.

태자 율의 말마따나 저 먼 서쪽의 열열사막에서 나타난

이족들에 의해 천하가 뒤엎어진 형국이지 않은가!

어떤 시스템을 갖추고, 어떻게 정치해야만 이 넓디넓은 본교의 땅에 행복과 번영의 씨앗을 내릴 수 있을까?

단언컨대 물리적인 힘보다는 비물리적인 힘들이 필요한 때이다.

나는 그러한 비물리적인 힘들의 초안(草案)이 복언의 머릿속에서 나오게 될 거라 믿어 의심치 않는다.

복언은 중원에서 제일 중요한 사람이 되었다. 내가 손가락 하나로 세상의 운명을 결정지을 수 있듯, 그녀도 붓 하나로 그렇게 만들 수 있게 되리라.

내가 그녀의 손아귀에 직접 쥐여줄 거대한 권력으로.

"복언."

복언의 두 눈은 계속해서 나를 살피고 있었다. 그녀라면 단 한 번 말을 섞은 것만으로도, 내 심경의 변화를 눈치챌 수 있을 것이다.

흑웅혈마가 그러했던 내 변화를 눈치챘던 것과는 다른 방식으로 말이다.

"더는 그대가 읽어내지 못할 일은 일어나지 않을 것이다. 하니, 계속 집중하거라. 오늘 연조가 패망하였느니라."

"……!"

복언의 두 눈이 또다시 부릅떠졌다가, 차분하게 가라앉

았다.

"남진 정벌군은 아직 합비 인근에 있는 것으로 알고 있습니다."

내가 혼자서 분조의 무리들을 처단하고 왔다는 사실을 눈치채지 못할 리가 없으면서도, 내게 직접 확인하기 위해 그렇게 말했던 것 같다.

나는 그녀의 뜻대로 들려주었다.

"분조를 처단하고 오는 길이었다. 연조의 충신들과 근위 그리고 정도 잔당, 삼천삼백팔십일 인 모두를 처단하였으니, 그 또한 계산 하에 넣어야 할 것이다."

들리지는 않지만, 복언은 무척이나 긴 숨을 내쉬고 있었다.

"교주님께서 홀로 말씀이십니까?"

이번에도 확인하는 어투였다.

"맞다."

"하면 망국(亡國)의 병사들은…… 살려 주시는 것입니까?"

그녀답지 않게, 말 속에 인정(人情)을 담았다.

"패망한 고국(古國)을 위해 계속 본교에 반하여 검을 드는 치들은 살려둘 이유가 없다. 허나 현실에 순응하여, 본교에 완전 협조치는 않아도 검을 버리는 이들이라면, 살려둘 것이니라."

앞으로의 일을 계획하는데 중요시해야 할 일이 그것이었다.

"화근이 될 것이 아니라면 죽여서는 아니 될 것이다. 이미 천하에 흐른 피로 강을 이루고 시신들로 산이 만들어졌으니, 더는 애꿎게 가버리는 목숨들이 없어야 할 것이다. 이 또한 명심하여 계산에 넣어 두거라. 복언."

그때.

복언이 돌아가려는 내 등 뒤에 대고 갑자기 커진 목소리로 물었다.

"화근이 되지 않을 자들은 살리고 화근이 될 자들은 죽여라, 그 말씀이십니까."

그간 보여준 내 행보와는 확실히 달라진 명령이라서, 재차 확인하기 위해서였을 것이다.

"죽여라, 가 아니니라. 누구의 손을 빌리지 않고 내 손으로 직접 할 것이다. 내 직접 이 업보를 질 터이니, 그대는 더 많은 사람을 살릴 수 있는 책(策)을 생각해 보거라. 예컨대 망국의 병사들이 제 가족에게 돌아갈 수 있는 방법을 말이다."

"업보…… 교주님께서 업보를 지시겠다는 것입니까. 하면 그 흉터는……."

그사이에 복언은 내 손아귀에 새겨 넣은 문신을 봤었던
지, 그녀의 시선이 내 손 쪽으로 옮겨져 있었다.

"맞다. 내 업보이니라."

"아…… 아…….."

복언은 크게 감격했는지 소리까지 내면서, 온몸을 부르
르 떨었다.

그런데…….

왜!

왜 자결한 것이냐! 복어어어어어언!

＊　　　＊　　　＊

복언이 자결하였다는 소식을 접한 건, 바로 다음 날 아
침이었다.

복언이 머무는 내실에서 돌아온 후에 마법 하나를 메모
라이즈하고서, 흑천마검의 파편들이 든 철곽을 앞에 두고
줄곧 고민에 빠져 있었다. 생각은 꼬리에 꼬리를 물어 계
속 이어졌다.

그런데 동녘이 틀 무렵에 비명 소리 하나가 났다.

"꺄아아악!"

침전 밖, 먼 쪽에서부터 나는 소리였다. 복언이 머물고 있는 쪽에서 났던 소리인지라, 곧바로 그쪽으로 달려갔다.

아침을 시작하고 있는 사람들을 빠르게 지나쳐 이르는 내실 안으로 목을 매단 복언이 있었으며, 시비 하나가 비명을 지른 채로 멈춰 있었다.

어떤 생각보다도 몸이 먼저 움직였다.

그러니 복언을 내린 뒤에서야 가망이 없다는 사실을 깨달았다.

심장이 멈추고 맥이 느껴지지 않는 것이야 극한의 시간대 안에서는 응당 그렇게 보일 수 있을 것이나, 벌써 방 안에 흩어져버린 누군가의 선천진기는 복언의 것일 수밖에 없었다.

타살의 흔적은 어디에도 없었다. 한 점 의심할 것 없이 스스로 목을 매단 게 분명했다.

거기까지 생각이 미치고 나자, 심장이 철렁 내려앉았다.

복언이 죽었다.

극한의 시간대에서 빠져나오는 순간, 시비의 쪼개졌던 비명소리부터 하나로 합쳐졌다.

"꺄아아아악!"

나는 나와 시선이 마주치자마자 도망쳐 버리는 시비를 붙잡지 않고서, 복언에게 재생의 힘이 깃든 마법을 펼쳤다.

당연히 소용없는 일이었다.

그래도 포기할 수 없어 오랫동안 그녀의 심장을 자극했다.

성스러운 하얀 빛 따위로도 되지 않았던 일인데, 공력으로 그녀의 심장을 자극한다고 해서 멈춰버린 지 오래된 심장이 다시 뛸 리는 없었다.

"이리 죽어 버리지 마라. 복언! 네가 죽어서는……. 네가 죽어서는 안 돼!"

복언은 천년교국의 절대 중요한 초안을 잡을 인물이었다.

기재 중의 기재이면서, 이 세상의 식자(識者)들처럼 공맹을 맹신하지 않거니와 본교의 교도들처럼 무조건적으로 나를 추종하지도 않을 적자(適者)가 또 어디에 있단 말이냐.

탄천삼사 중의 일인이었던 장천 조궁엄은 복언에게 훨씬 못미치는 인물이었다. 복언으로서는 탄천삼사라는 별명으로 그와 같은 무리로 엮여있는 것이 원통할 만큼!

복언은!

복언은 절대 이대로 가버려서는 안 된다!

흩어진 선천진기를 그녀의 육신으로 돌려보내고 싶었다.

그게 가능하다면, 사후 혼백(魂魄)이 어찌 되는가에 상관없이 죽은 사람을 살려낼 수 있을지도 모른다는 생각을 줄곧 가지고 있었다.

그 순간, 언제고 겁풍으로 변화할 수 있는 뜨거운 열기가 실내를 감쌌다. 열기가 천라지망을 펼치듯 복언이 죽어 남긴 선천진기들을 포위하며 조금씩 좁혀 들어간다. 하지만 역시였다.

제아무리 그 일에 온 정신을 집중한다 한들, 후천진기와 선천진기의 본연이 판이하게 달라서 둘 중 무엇도 어디에 간섭될 수 없는 것이었다.

이를 알면서도 그것 외에는 기댈 게 없는 지금이, 나는 정말 끔찍했다.

언제 이렇게나 복언에게 의지하고 있었나 싶을 정도로, 그녀 없는 통일천하의 앞날이 한없이 어둡고 무섭게만 느껴지고 있었다.

"가지 마라! 복언!"

터져 나오는 대로 외치지만 포기해야 할 때라는 것을 모르지 않았다.

"……."

복언은 처음처럼 축 늘어진 그대로였다.

나는 그녀를 바닥에 가지런히 눕혔고, 섭물(攝物)의 수로 천천히 날아온 이불이 그 위로 조심히 내려앉았다.

많은 이들이 복도뿐만 아니라 바깥에도 몰려 있었다. 내가 복도 쪽으로 고개를 트는 것 같았는지, 교도들이 외치는 교언 소리가 앞에서부터 시작해 바깥까지 차례로 이어졌다.

하지만 교도들도 보고 들은 것이 있었다. 웅장해야 할 교언이 진혼곡(鎭魂曲)이 되었다.

나는 복언을 바라보다가, 문득 온몸을 감싸는 한기를 느꼈다. 이복언이 정말 이 세상 사람이 아니라는 사실을 다시 깨닫고 말았기 때문이다.

뇌리가 쏴해 졌다.

"타구만은 어디에 있느냐."

나는 복도를 향해 말했다.

복도를 가득 메운 교도들 안에는 어린 소교, 사휘도 있었다. 내 손짓을 받은 사휘가 넙죽 엎드리고 있던 몸을 일으켜서 교도들을 지나쳐 들어왔다.

사휘가 내 앞에 이르던 그 찰나에, 지천무문주 마영도를 대신해서 여기를 총괄하고 있던 타구만 또한 신속하게 나타났다.

그 둘이 문턱을 넘자마자, 미닫이문이 큰 소리를 내며 닫혔다.

"죽을죄를 졌사옵니다."

내 간절했던 외침을 들었던 이상, 타구만은 복언이 내게 얼마나 중요한 인물이었는지 모를 리가 없었을 것이다. 그런 그녀가 본인이 총괄자로 있을 때 변을 당했다.

사색이 된 타구만이 그 책임을 사무치게 느끼고 있는 것이 바로 그러한 이유에서였다.

"중원에는 하늘이 내린 기재 셋이 있는데, 그들을 가리켜 탄천삼사라 부른다. 여기 누운 이가 바로 그중 한 명인 화우 이복언이라는 자인데, 본좌가 크게 쓰기도 전에 보다시피 죽어버렸구나."

"하교의 책임이옵니다."

"자결해 버린 것인데 무슨 책임이냐. 너를 벌하기 위해 부른 것이 아니니 본좌가 하는 말을 잘 들어라."

안도한 것인지 책임을 더 통감하는 것인지, 타구만의 어깨가 부르르 떨렸다.

"본좌는 이복언이 왜 자결해야만 했는지 알아야겠으며, 또한 이복언을 대체할 다른 인사가 필요하다. 네가 무엇을 해야겠느냐."

타구만이 잠깐 생각하다가 말했다.

"어제 내실에 들렀던 이 전부를 조사하고, 대체할 인물로는 탄천삼사라는 다른 기재 둘을 찾아 교주님 앞에 대령하겠사옵니다."

"한 명은 장천 조궁엄이라는 자며 내천곡이라는 곳에서 찾을 수 있을 것이다."

장천 조궁엄은 계륵도 될 수 없다.

그의 정치관은 귀족 정치에 가까웠다.

무엇보다 내가 혈마교주임을 눈치채고 공격했었던 그가 투철한 사명감으로 본교에 귀의할 수 있을까? 그럴 수 없다.

"그리고 다른 한 명은 해남도에 있는 우현보라는 자다. 헌데 그 둘이 저항한다면 본산의 뇌옥에 가두고, 그렇지 않으면 본좌 앞에 대령하라."

"옛."

타구만이 대답한 그때, 놋쇠대 하나가 손아귀 안으로 날아와 잡혔다. 뻘건 쇳물로 녹았다가 빠르게 굳어버린 그것은 원형의 패로 쓸 만하였으며, 손가락에서 한줄기 뻗어 나온 뻘건 아지랑이가 그 위에 교주의 상징을 새겨 넣었다.

"조사부터 시작해야 할 것이다."

내 손에서 벗어난 교주패가 타구만의 눈앞으로 천천히 미끄러져 나갔다.

"존…… 존명(尊命)을 목숨 바쳐 이행하겠사옵니다."

그것을 두 손으로 조심스럽게 받아드는 타구만의 만면 위로 영광의 빛이 진하게 번졌다.

타구만이 밖으로 나갔다. '혈마는 위대하시다' 라는 그의 목소리와 함께, 몇몇 교도들이 그 뒤를 따라 몸을 일으키는 게 느껴졌다.

"소교 사휘가 전지전능하신 교주님을 뵈옵니다."

사휘가 때가 때이니 만큼, 교언 여덟 글자만을 외친 다음 교례를 갖췄다.

본인이 사력을 다해서 찾아내고 데려왔던 복언이 죽어버리고 말았기 때문일까. 교주의 앞이라고 해도 이 어린 교도의 얼굴은 그리 밝지 못했다.

내가 말했다.

"본산으로 돌아가라."

아이에게는 마지막 시험이 남아 있었다.

"옛."

"단, 그 무갑을 벗고 본교의 교도임을 드러내 마라. 본교의 혈마군 소속이 아니라, 그 어린 시절 홀로 사막을 건너왔을 때와 다름없이 하라는 것이다."

혈마의 명령이었다.

그런데 한 번했었던 일이기에, 그 일이 얼마나 큰 고행(苦行)인지를 모를 리가 없던 사휘였다.

그동안에는 분교나 사파 동도들의 지원을 받을 수 있었으나 이번에는 아니다. 본교를 향한 일념만으로, 기적적으로 본교에 들어올 수 있었던 어린 시절로 돌아가라는 것이었다.

그러니 대국의 장수와 목숨을 걸고 싸울 때에도 낯빛 하나 변하지 않았던 사휘라고 해도, 지금만큼은 그럴 수 없었다.

내색하지 않으려 안간힘을 다하고 있는 듯하나, 이 눈에 빤히 보였다.

어린 교도는 모골이 송연해짐을 어쩔 수 없었다.

"다시 홀로 천하를 가로질러 죽음의 사막마저 건너 본산에 이를 수 있다면, 마침내 본교의 홍복이 미치리라."

사휘는 조용했다.

"……하오면 이전에 분부하신 존명은 어찌해야 하는 것이옵니까?"

이전의 명령?

아!

장강쌍협의 그 일 말이로군.

"철회한다."

확인한 그 즉시, 소교 사휘는 본래 어린 몸에 맞지 않았던 큰 무갑을 벗었다. 그런 다음 본교의 붉은 교복 또한 벗어서 곱게 접어 문 옆에 놓은 후, 죽은 이복언에게 눈길을 뿌리고서 나갔다.

"마영도는 아직이냐!"

나는 바깥에 대고 외쳤다.

"소마 마영도, 전지전능하신 교주님을 뵈옵니다!"

지천무문주 마영도는 적절한 때에 돌아와 있었다. 내전 안으로 돌풍 같이 들어왔던 초고수의 기운이 바로 그였다.

그는 혈마군 무갑에 칠하듯 번져있는 핏물과 온갖 이물질들을 채 닦아내지도 못하고, 바로 부복했다.

"네게 맡길 중임이 있다."

"하명하시옵소서."

"반드시 추살(追殺)해야만 하는 것이 있다."

지천무문주 마영도의 날카로운 눈빛이 추살이라는 말에 더욱 강하게 반응했다.

"우적. 남궁세가의 여식 화의 호위로 적을 두었으며, 이전까지는 창천검문의 진전 제자였다."

"대별성마 주의광의 제자이옵니까?"

"대별성마는 더는 관계없느니라. 지금은 너희들에게는 암제로 통하는 인외(人外) 고수의 진전을 잇고 있음이다. 그뿐이랴. 암제와 같은 이 둘이 더 있었고, 그 둘의 진전마저 닿고 말았으니 본교에 큰 화가 될 것이다."

이복언이 죽었다.

나마저 이 세상에 없는데 시간까지 멈추지 않고 흘러가 버리는 상황이 온다면, 본교의 누구도 우적을 감당할 수 없을 것이다.

"허나 인외 고수 셋은 본좌가 처단하였고, 남은 치로는 우적 그놈뿐이다."

마영도는 제게 맡겨진 임무가 얼마큼 중요한 것인지 알아차린 얼굴이었다.

"놈을 추살하는 데 몇 가지를 일러주마. 놈은 남궁세가의 여식 화를 사모하며, 놈의 어미와 두 형제는 본교의 뇌옥에 갇혀 있느니라. 너는 수단과 방법을 가리지 말고 그것을 찾아내든지 끄집어내든지 하여, 반드시 목을 가져오거라."

나는 계속 말했다.

"헌데 인외 고수 셋의 진전이 닿은 만큼 네가 상대치 못할 만큼 무공을 이루었을 수도 있다. 그러니 놈을 묶어둘 책(策) 또한 항상 염두에 두어야 할 것이며, 그것의 행방을 알게 되면 속히 본좌에게 고해야 할 것이다. 이러한 중임을 네게 맡겨도 되겠느냐?"

"소마 마영도, 위대하신 혈마에 반(反)하는 그것의 목을 가져오지 못한다면, 백골(白骨)된 소마의 썩은 목이라도 바치겠나이다."

내 몸에서 붉은 운무가 스미어 나왔다. 그리고 마영도의 몸에 뚫린 구멍들로 천천히 깃들어 들어가면서, 마영도의 두 눈에 정광이 서렸다.

크게 감복한 마영도가 몇 번이고 혈마의 위대함을 외치고 나갔다.

비로소 나는 죽은 이복언 앞에 엉덩이를 깔고 앉을 수 있었다.

"내 무엇이 그대를 자결하게 하였는가."

만일 나 다음에 복언을 만난 이가 없다면, 복언이 자결한 이유는 내게 있는 것이었다.

돌아와 대면한 처음에 복언은 그녀에게 주어질 일이 무엇인지 알고 있었고 또 협력하겠다는 마음을 내비쳤었다.

그랬던 그녀가 나와의 대담 뒤에 돌연 자결해 버렸다.

이윽고.

듣고 싶지 않았던 보고를 받았다.

조사 결과, 내가 들어갔다 나온 시간 이후로 만났을 거라 추정되는 인물은 한 명뿐이었고, 그 인물마저도 복언과 어떤 신중할 대담을 나눌 만한 치가 아니라 그저 안에서 일하던 늙은 잡부에 불과했다.

즉, 복언이 자결한 원인은 내게 있었던 것이다.

설마 연조의 병사들을 더 살릴 계책이 자신의 죽음에 있다고 생각한 것인가?

설마 본인이 본교에 화근이 될 거라 여기고 자결을 한 것인가?

그럴 리가!

복언은 그만큼이나 충직한 인사가 아니다. 복언의 자결과 함께 실종된 늙은 잡부를 잡아들여 조사할 일이라고는 하나, 대체 내게서 무엇을 보았기에 스스로 목숨을 끊을 수밖에 없었던 것이냐.

그러한 고민에서 오랫동안 헤어 나오지 못하고 있을 때, 실종됐던 늙은 잡부의 소식이 들어왔다.

타구만이 잡아온 늙은 잡부에게는 이복언이 누군가에게 전달하라 했던 서찰이 있었다.

자결을 결심한 이복언이 당부, 또 당부했음에도 불구하고 그녀가 일러준 대로 행동하지 않았던 늙은 잡부의 실수로 인해서 그녀의 마지막 의지를 엿볼 수 있었던 셈이었다.

서찰 안에는 단 한 줄 만 쓰여져 있었다.

[명왕단천(明王斷天)]

단 네 글자로 이루어진 그 한 문장을 서찰 안에서 보고
말았을 때, 숨 쉬는 것을 잊을 정도로 너무도 놀랐다.

나는 복언의 유언과 다름없는 그 네 글자를 읽고 또 읽
었다.

우연의 일치인 것일까? 아니면 의도된 것일까?

"당장 잡부를 데려와라!"

*   *   *

본교의 교주 대대로 비전절기로 내려오는 무공, 명왕단
천공.

명왕단천공의 진정한 실체를 아는 이는 오로지 전승자
들뿐일 테지만, 그 이름만큼은 무도를 걷는 이라면 모르
는 이가 없었다.

복언도 '명왕단천공'이란 이름과 그 무공이 혈마교주
의 전승비기임을 알고 있었을 것이다. 남궁가의 일을 돕
고, 스스로 말하기로도 무림의 일에도 통달하였다고 하니
말이다.

그렇다면 그랬던 그녀가 '명왕단천'이라는 네 글자를
유언으로 남겼을 때에는, 과연 의도된 일인지 아닌지에 대
한 판단은 서찰의 진짜 수신자가 누구인지에 따라 달렸다.

조사 결과, 늙은 잡부에게서 회수된 복언의 서찰은 또 다른 탄천삼사 중 일인인 해남도의 우현보에게 닿게끔 되어 있었다.

정말로 우현보에게 보내진 것이었다면, 복언의 마지막으로 남긴 네 글자를 시국선언(時局宣言)이라고 봐도 무방할까?

아니면 이렇듯 내 손아귀에 서찰이 들어오게 될 것이란 걸 알고 있었다 한다면, 그 네 글자로 하여금 내게 무엇을 깨닫게 하려는 것이었을까?

어쨌거나 복언의 자결은 천년교국의 앞날에 대한 적신호였다.

반석을 세웠어야 할 복언이 갑자기 죽어버렸기 때문만이 아니라, '명왕단천'이 영광스런 네 글자가 지금 이 순간만큼은 부정적으로 쓰인 것 같다는 직감을 받았기 때문이다.

"명왕이 하늘을 가른다(明王斷天)⋯⋯."

나는 몇 번이나 중얼거리다가,

"대체 그게 무엇이 잘못되었단 말이냐."

하면서 자리에서 일어나 버렸다.

복언부터가 그녀의 혜안(慧眼)으로 중원의 미래를 암울하게 여겼을 터였다. 천재적이었던 본인조차도 어찌하지 못할 정도로.

그러니 자결하였지.

그것도 아니라면 본인의 어깨에 짊어진 짐을 감당할 수 없었다는 결론밖에 나오지 않는다. 하지만 복언은 그런 인물이 아니었다. 반석을 세우기 위해서는 모든 걸 알아야 하니, 전부를 설명해 달라고 당당히 요구했던 그녀였다.

복언이 남긴 마지막 네 글자는, 나 혼자로서는 영원히 풀 수 없는 수수께끼라고 생각됐다.

정녕 우현보에게 보냈던 서찰이라면, 그 당사자가 이 수수께끼를 풀 수 있을 테지만……

어쨌거나 지금은 복언의 죽음에 얽매여 있을 때가 아니었다. 복언이 죽어 이제 없기 때문에, 아이러니하게도 더욱 그렇게 됐다.

복언의 죽음으로 더욱 불안해졌다.

하긴.

이 불안한 마음이야, 흑천마검을 되살리기로 결정 내리기 전부터도 눈덩이 불어나듯 점점 커지고 있었다.

특별한 뭔가가 불쑥 튀어나오지 않는 이상(부서진 칼리프의 모래시계로부터 파생될지도 모를 무엇), 라쿠아 외에는 이 세상에서는 나를 대적할 것을 더는 찾기 힘들다.

그러나 이러한 불안함의 원천은 이쪽 세상이 아니라 저쪽 세상에 있었다.

성(星) 마루스, 그 지옥의 불덩이로 다시 뛰어들 수밖에 없으니까.

만일 어떤 이상 현상에 의해서 내가 없는 사이 본교의 시간이 계속 흘러가버리거나, 내가 저쪽 세상에서 죽어버려 정말 돌아오지 못하게 된다 할지라도, 그 영향이 본교에는 미비해야 할 것이다. 그러니 빨리 전쟁을 끝내고, 화근들을 제거해 두어야 한다.

흑천마검을 다시 되살리는 데 들어가는 공력이 얼마큼인지가 관건이겠지만, 일단 그 기일을 삼 개월로 잡았다.

그동안 엘라가 버텨주길 바랄 뿐이다.

"혈룡포를 가져 오거라."

나는 그 즉시 복건, 광동, 광서, 남부 삼성(三省)으로 향했다.

* * *

몇 개의 산과 강을 건넜을 뿐이나, 여기 복건성 포성에서는 저쪽에서 내렸던 눈발이 벌써 사라지고 없었다. 기온 차가 확연하다.

그런데 이쪽 병사들의 낯빛이 좋은 이유는 비단 기온 때문만이 아니다. 겨우 살아남은 패잔병들보다는, 남부의 신병들로 구성되어 있었다. 그 수가 무려 십오만에 이를 것이라 보인다.

이는 남부 삼성과 강서성의 저명한 유지들이 힘을 합친 결과일 수밖에 없었다. 듣던 대로 옛 사직에 대한 그리움과 충성심은 남부의 성들을 따라올 곳이 없는 것 같다.

나는 풍기가 잘 잡힌 병영의 모습에서 홀로 이 전쟁을 끝내기로 한 생각이 틀리지 않았다는 것을, 다시금 확인했다.

무공 높은 혈마군이라 하더라도, 저러한 정병들을 상대로 피해가 없을 수가 없는 법이다.

헌데 지금까지 교도들의 희생이 얼마나 되었을까. 적지 않을 텐데…….

하지만 아무리 떠올리려 해도 그런 보고가 기억나지 않는 것을 보면, 과거의 나는 교도들의 희생보다도, 어느덧 천하를 삼켜버리고 말겠다는 열망으로만 움직이고 있었는지도 모르겠다.

애초에 이렇듯 큰 전쟁을 일으켜서는 아니 됐다. 하지만 이제 와서 철군할 수도 없는 노릇이니, 현재 처해진 환경에서 최선을 궁리할 수밖에 없는 것이다.

어젯밤.

분조의 근거지를 습격해, 태자 율과 근위 그리고 충신들과 무림 잔당들을 제거한 것은 바로 그러한 연유에서였다.

연조의 멸망을 선포했지만, 여기까지 그 소식이 퍼지려면 매우 빨라야 칠 일.

나는 그 시간도 아까웠다.

즉시 병영의 심장부로 들어갔다.

삼엄한 경비병들이 겹겹이 둘러싼 군막 안에는 총 십인(十人)이 있었다.

복건성주가 전시에 걸맞은 완전 무장을 한 채 두 명의 호위를 양옆에 놓고 있었고, 성주 앞에는 한 명의 내관과 여섯 명의 무림인이 나란히 서 있는 중이었다.

마침 내가 잠입했던 그 무렵에, 내관 또한 어제 없어져 버린 강서성의 대전에서부터 이제 막 당도했던 모양이다.

"자자손손, 일찍이 이 땅에 깃든 태황의 성덕(聖德)을 어찌 잊겠는가. 모두가 한마음 한뜻이니, 극렬히 간악한 무리들은 여기를 넘지 못할 것이다. 조 상시(常侍)는 전하께 심려할 것 없다 전하거라."

복건성주가 엄하게 말했다. 거기에 내관이 읍을 하며 대답했다.

"남부의 칼이 천하제일인 것을 어찌 모르겠으며, 본조를 향한 복건왕 전하의 충심은 또 두말하여 무엇하겠습니까. 다만 천자께서는 황성에서 있었던 혈난(血難)을 염려하여, 이렇듯 신과 무림기인들을 보내신 것이옵니다."

"이 유극렴을 믿지 못하는 것이 아니고?"

"천부당만부당하신 말씀이옵니다. 천자께서 말씀하시길, '복건왕 유극렴이 짐의 친가(親家)라는 이유를 들어 번왕으로 직임을 다하고 있다 하나, 본시 진위 대장군의 위를 받들어 본조의 전(全) 군령을 다스려야 할 위인이다. 유극렴이 올라왔었다면 본조가 이렇게나 위태로운 처지에 놓이지 않았을 것이다. 그러니 이리도 유극렴을 염려하는 것이니라.' 하시며 신을 보내신 것이옵니다. 청해의 진상왕 전하와 사천의 우왕 전하의 말로가 어떠하였는지, 부디 잊지 말아주시옵소서."

"우매한 이왕(二王:진상왕과 우왕)이 방비를 잘 못했기에 이리도 위태로운 지경에 이른 것이다."

"하오나, 마두의 무공이 천외지경에 이르렀사옵니다. 전하께서도 아시지 않으십니까."

"그러니 상시가 데려온 고수라는 작자들을 당장 데리고 돌아가라는 것이다! 내 진인사대천명(盡人事待天命)의 마음으로 항전에 임하고 있음이다. 저깟 늙은이 몇으로 어찌 될 수 있는 일이었다면, 사협에서는 왜 대패하였으며 상황께서 그러한 패악(悖惡)을 겪고 말았겠는가. 무림의 허명(虛名)을 예서 논하지 마라. 상시."

"송구하옵니다. 전하. 하온데 전하께서도 이들의 이름 은 들어보셨을 것이옵니다."

"……"

험악하게 변해버린 성주의 눈길이 내관이 데려온 육인 의 무림인 쪽으로 옮겨졌다.

분조에서 파견된 고관이 끝까지 물러서지 않고 그들을 소개한 이유는, 그들 육인이 품고 있는 상승 공력이 이미 말해 주고 있었다.

특히 육인 중 절세명도(絕世名刀)를 움켜쥐고 있는 이는 내게도 눈에 띄는 절정 고수였다.

성주가 무림인이 아니라 하여도, 그 기세를 느끼지 못 할 리가 없을 텐데도 성주의 시선은 한결같았다. 아무래 도 무림인에 대한 당금의 평가는 바닥으로 곤두박질칠 수 밖에 없으리라.

이름 높았던 무림인 대부분이 단 한 명에게 전부 비명 에 갔다.

열열 사막에서 온 이족의 왕에게.

"진사일입니다."

그 뒤로 나머지 다섯 명이 차례로 제 이름을 말했는데, 성주가 주목해야 할 이름은 절세명도를 움켜쥐며 자신의 이름을 밝힌 설표도왕 진사일과, 남성(南星) 장위량이었다. 물론 나머지 넷도 이름은 유명하지만 않지만 무공은 고강하다고 할 수 있었다.

그런데 성주는 진사일이 오왕십절 중에서 오왕 중 일인이든, 장위량이 십절 중 일인이든 조금도 개의치 않는 것 같았다.

도리어 시선만 더 날카로워졌다.

"그러니까 조 상시는 이들이 나를 호신할 수 있다 말하는 것이냐?"

"진 공은 무림에서 설표도왕이란 별호로……."

"그만!"

성주가 단번에 고관의 말을 잘랐다. 직전에 설표도왕의 위명에 대해서 귓속말로 설명하고 있던 성주의 호위마저도, 바로 허리를 굽히고 뒤로 물러났다.

"내 진상왕과 우왕을 우매하다 하였지만, 이러한 천하의 겁난은 정도를 자처하였던 너희 무림인들 때문이 아니었는가! 헌데 무슨 낯으로 그리 얼굴을 들고 다니는 것이냐."

성주의 힐난에 여섯 무림인 전부의 얼굴이 붉게 달아올랐다.

상승의 공력을 지닌 설표도왕 진사일 또한, 별반 다르지 않았다. 화가 난 그들이 포권하며 나가버리려고 하자, 고관이 그들을 붙잡았다.

중간에서 난처해진 고관이 성주에게 간청하는 어투로 말했다.

"천자께서 그러하셨듯이, 신 또한 전하의 안위가 심히 걱정되옵니다. 반역도당의 수괴가 무공이 실로 높아, 전하께서는 한 사람이라도 더 곁에 두셔야 하옵니다."

"하면 천자의 곁에 있어야지!"

"이미 무림에서 명성 자자한 천 명의 고수와 근위 이천이 천자의 침전을 지키고 있사옵니다. 또한 그들 수괴도 당해내지 못할 대력절진이 펼쳐 두었으니, 감히 어쩌지 못할 것이옵니다."

그제야 성주가 관심을 조금 보였다.

"과연 통하겠느냐?

"비록 황성에서 혈난이 있었으나, 효험만큼은 확인한 바 있사옵니다. 심히 원통하게도 당시에는 크게 대비치 못하였으나 지금은 아니옵니다. 만일 반역도당의 수괴가 천자의 침전을 찾는다면, 그날이 수괴의 제삿날이 되는 것이옵니다."

"흠……."

"하오니 부디 오해치 마시고, 천자께서 보내신 이들 여섯을 곁에 두시옵소서. 수괴의 검으로부터 전하를 보호할 것이옵니다."

"만일 밀명(密命)을 받은 것이 있고, 그것을 내게 들킨다면."

"아, 아니옵니다."

"이들 여섯과 조 상시가 책임지는 것만으로는 끝나지 않을 것이다."

"전하의 충심은 하늘이 알고 땅이 아는 일이옵니다. 어찌 전하께 말하지 못할 밀명이 있겠사옵니까."

비로소 성주의 시선이 다시 그들 여섯 중에 가장 고명한 설표도왕 진사일에게로 향했다.

"좋은 칼이로군. 내게 보여 주겠느냐?"

성주가 근엄하게 말했다.

하지만 진사일은 그렇게 하지 못했다.

도집에 칼이 든 채로 갑자기 붕 떠오르던 바로 그때.

"억!"

진사일이 피를 왈칵 뿜으며 앞으로 고꾸라졌다.

쉐아아악!

도집에서 미끄러져 나온 칼이 그들이 안력(眼力)으로 좇지 못할 속도로 막사 안을 크게 돌고 나서 내 손아귀로 들어왔다.

　막사 안 전부를 베고도 피 하나 묻지 않는 것이, 과연
색목도왕에게나 어울릴 절세명도였다.

제4장

경신년 2월 17일

경신년 2월 17일, 이른 오전.

　　연조는 거중어경(居中御經)이라 하여 수도 근방으로 군
부를 집중시키는 정책을 펴왔으나, 연조의 출신모체였던
강서성을 비롯한 남부 삼성의 독자적인 생리 체계까지는
결국 어쩌지 못해왔다.

　　허나 인생사뿐만 아니라 국운까지도 길흉(吉凶)이 언제
고 뒤바뀔 수 있게도, 연조를 줄곧 불안하게 만들었던 남
부 지방의 군력이 연조의 분조(分朝)를 지탱하고 태세 역
전을 꿈꾸게 하였다.

알아본 바, 복건성 포성에만 모인 병력이 십오만에 강서성에 육만, 광동성에 십만, 광서성에 칠만이었다. 거기에 패잔병으로 구성된 중앙 군부의 진위군 십만 가량이 더 있었다.

이제는 무(無)로 사라지고 만 시간대에서, 혈마군이 비록 패배했을지언정 남부를 교란시키지 못하고 그저 운남으로만 퇴군하였던 것도 바로 그러한 이유에서라 추정되었다.

복건성 포성에서 십오만 대군이 모두 지켜보는 앞에서, 그들의 통수권자이자 성주 유금렴의 장남인 남아총위 유연과 각 대(隊)의 장군 이십팔인 그리고 급히 집결하였던 지방 총관들을 일거에 베어 버린다.

그런 다음, 해산할 병사들을 규합하는 이는 따로 잡아다가 본교의 천년금박으로 떨어트리겠다고 일갈하였으며, 이미 비축되어 있던 군량들은 병사들이 들 수 있는 만큼 고향으로 들고 가게 한다.

경신년 2월 17일 정오

호북에 있는 색목도왕에게 가는 길에, 강서성의 병력 대부분이 집결되어 있는 포양호 구룡 포구를 들린다.

구룡포구는 태자 율과 분조의 대신들이 머물고 있었던 대전과는 반나절 거리라서, 전일에 분조에서 일어난 일들을 알고 있을 수밖에 없었다.

　그럼에도 불구하고, 북아총위 이산주는 군대를 해산시키지 않았거니와 바다만큼이나 거대한 호수인 포양호에서 정벌군과의 수전(水戰)을 크게 계획하고 있었다.

　또한 태자 율의 바로 아래 동생 진명을 황제로 옹립하려는 움직임을 시작하고 있었으니, 나는 북아총위 이산주를 그가 그토록 자랑스러워하였던 그의 군선과 함께 수몰하고서, 병사들의 해산을 끝까지 지켜봤다.

　경신년 2월 17일, 해가 높은 오후.

　호북성 영흥(永興)에서 색목도왕을 찾았다. 대별성마 주의광이 정벌군의 칠 할을 이끌고 호남성으로 내려간 지 꽤 되었고, 그 또한 호북성 남부정벌의 끝을 목전에 두고 있었다.

　색목도왕에게 이날 오전에 취했던 설표도왕의 절세명도를 건네며, 나머지 일들을 신임할 수 있는 하교(下敎)에게 일임하고 그동안 분조가 근간으로 삼고 있던 강서성 남창 대전으로 들어가라고 명한다.

물론, 본교의 고수들을 호위로 대동해야 함을 당부했다.

경신년 2월 17일 해가 기우는 오후

광동성으로 가기 위해, 호남성 동정호를 지나쳐 더 내려가고 있던 무렵에 중원 오악(五嶽)중 하나인 형산에서 고강한 기운을 느낀다.

오왕십절에서 오왕으로 거론되어도 충분할 절정고수인 그는, 스스로 속세와의 인연을 끊었다 밝힌 바와는 다르게 나를 공격하는 우를 범한다.

경신년 2월 17일 초저녁

강서성과 복건성, 상황에 따라 두 곳 어디로도 병력을 지원할 수 있는 용천(龍川) 지역이야 말로 대군의 군영을 두어 마땅한 곳이다.

하지만 광동성주 소왕은 아집적일 뿐만 아니라 옹졸하기 짝이 없는 인물인 것이 분명했다. 광동성의 전체 병력을 셋으로 나누어 남곤산과 정호산 아래와 혜주에 두어 도성인 광주(廣州)로 들어가는 길목을 방비하고 있었다.

정호산 군영부터 혜주 군영까지 서향(西向)하여 차례대

로 지휘부를 강타하고, 살려 달라 애걸하는 광동성주 소
왕의 목을 벤다.

경신년 2월 17일 늦은 밤

광서성주 유임은 다른 번왕들과는 다르게 제 병사들보
다는 운남과 남만 일대에서 데려온 이족들에게 의존하고
있었다.

독물들을 한 항아리에 몰아놓아, 마지막 한 마리를 남
으면 그것을 고충(蠱蟲)이라 하는데, 그런 것쯤이야 본교
의 독문에서도 얼마든지 볼 수 있는 바다.

그러나 유임의 초귀파(草鬼婆:고술에 능통한 노파)들은,
들은 적만 있을 뿐이지 실제로 본 적이 없었던 고동(蠱童)
을 작업하고 있었다.

어린아이들의 가냘픈 숨소리가 느껴지는 한 방에 들어
가 보니, 큰 독들이 가득했으며 그 안에는 아귀로 변해버
린 어린아이들이 나를 저주하듯 끔찍한 눈빛으로 쳐다보
거나, 더는 뜯어 먹을 친우가 없어 이미 굶어 죽어 있었다.

나는 화가 나서 초귀파들을 그것들이 했듯이, 큰 독에
한데 가두어 봉인하였다.

그런 다음 광서성주 유임과 그의 신료들을 모두 처단하

고 귀항과 합산으로 가서 군대를 모조리 해산시켰으니.

처음 목적했던 바는 일단, 금일(今日:경신년 2월 17일) 안에 전부 이루었다고 할 수 있었다.

*   *   *

해산시켰던 병사들이 앞다퉈서 군량을 챙기고 뿔뿔이 흩어진 것은 맞다. 그러나 그들 모두가 고향으로 돌아갈 것이라고는 생각지 않는다. 필시 병사들을 규합하는 자들이 다시 생겨날 것이나, 그보다 더 문제인 것은 무주공산(無主空山)과 다름없어져 버린 남부의 실정에 있었다.

그런데 비단, 이는 남부만의 일이 아니리라.

지금은 혈마군이 크게 셋으로 나뉘어 점령군을 남겨두면서 남진정벌하며 내려오고 있다지만, 인원의 한계상 거점도시들을 위주로 그렇게 할 뿐이지 많은 지역들이 공백일 수밖에 없었다.

대도시에서 멀어지면 멀어질수록, 본교의 깃발보다는 여전히 지방 유지와 잔존한 관(官) 그리고 그곳의 무관들로 합쳐지는 그들만의 삼위일체가 더 큰 힘을 발휘하고 있었다.

더욱이 점령군이 남겨진 곳도 그 인원이 소수라면 사정

이 크게 다르지 않았다.

　강서성 대전으로 돌아가는 길.

　호남성의 주주와 례릉 사이를 지나치고 있던 때.

　혈마군 열이 정도 무림인들과 오랫동안 군사훈련을 받아 온 것이 분명한 무리들 그리고 칼과 활을 든 범부(凡夫)들에게 포위되어 수세를 취하고 있었다.

　대별성마 주의광이 호남성 중부 아래까지 내려간 것을 생각해 보면, 그보다 훨씬 윗 지역인 이곳에 있는 그들 열 명은 점령군으로 남겨진 것이 분명했다.

　시선을 조금만 멀리 가져가자, 벌써 죽어 버린 교도들의 시신이 보이는 것이었다.

　거기서 나는 극한의 시간대를 유지하고 있던 날 선 감각을 풀어버렸다.

　화악!

　순간에 불어나간 열풍(熱風)이 교도들을 포위하고 있던 기백 명을 모조리 날려버리는 것으로 모자라, 공력을 품은 이들을 마주하는 순간에 송곳처럼 응집되어 그것들의 미간을 꿰뚫었다.

　나는 신경이 곤두선 그대로 오른손으로 이마를 짓누르며 몸을 돌렸다.

"으악!"

"크으……."

사방이 비명과 신음이 혼재된 가운데, 교도들은 갑작스런 교주의 출현에 넋이 나가 있었다.

그래도 중앙에 혈룡(血龍)을 두고 위쪽의 좌우로 혈마의 문양이 새겨진 교주의 피풍의가 한 번 펄럭였다가 내려앉는 그 시점에서 바로 반응했다.

교도 열 전부가 일제히 왼 무릎을 꿇고 주먹 감싼 손을 머리 위로 힘껏 올려 외쳤다.

안 돼!

"지유본교. 천유본교. 천세만세. 마유혈교!"

외치고.

"지유본교. 천유본교. 천세만세. 마유혈교!"

또 외친다.

"전지전능하신 교주님을 뵈옵니다!"

"혈마는 위대하시다!"

융통성이라고는 추호만큼도 없는……. 이 미련한 사람들아…….

"혈마는 위대하시다!"

중독된 상태에서 그렇게 외치면 어찌하자는 것이냐.

아니나 다를까.

교도들의 얼굴이 금세 시퍼레지며 그네들의 코에서는 검게 변한 핏물이 흘러내리는 것이었다. 그네들이 가까스로 누르고 있던 독기(毒氣)가 결국 터져버리고 말았기 때문이다.

　나는 독기가 그들의 췌장까지 미치기 전에, 공력을 움직였다.

　내 공력은 일대에 자욱하게 퍼져있었다. 그중 일부가 스스로 살아서 움직이는 연기처럼 이동하며, 교도들의 코와 귀 그리고 입속으로 스미어 들어갔다.

　독기는 태워서 없앨 수 있으나 한 번 다친 장기는 치료를 요한다. 그러나 다행히도 독기는 아직 거기까지 닿지 못하였다.

　내가 우연히 이들을 발견하지 못했다면, 설사 반도(叛徒)들에게서 살아남았다 한들 삼 일을 버티지 못했을 것이다.

　그러한 생각까지 미치자, 열로 뜨거워진 두 눈으로 더 큰 열이 쏠리는 게 느껴졌다.

　나는 반도들에게로 고개를 돌렸다.

　내 출현을 알리는 외침이 터지기 전에도, 바닥을 기면서 신음하고 있던 것들의 얼굴은 진작에 사색이 되어 있었다.

　내가 누구인지를 떠나, 이미 복잡한 검망(劍網)으로 형성된 붉은 선들이 자리한 그것들 모두의 목에 닿을 듯 말 듯 펼쳐져 있었다.

무공을 모르는 범부라도, 그것이 닿는 순간에 목이 잘려 나가고 말 것이란 사실을 모를 리 없다. 형형하되 음산하게 이글거리는 붉은 색채들이 모두의 얼굴 위로 물들기 시작했다.

아마도 나를 저주하려고 했던 것은 아니었을 것이다. 살려달라고 간청하려 입술을 뗐던 것이었을 텐데, 그 순간 그자들의 목이 날아가 버리자, 훅훅거리던 숨소리들마저 사그라들었다.

본교의 교도들을 제외하고는, 모두의 시선이 내게 집중되어 있었다.

그러니 내가 죽은 교도 열둘을 가만히 바라보고 있는 것을 두고, 시선에 실려 온 개개인의 불안함이 극에 이르고 마는 것이다.

그때쯤, 안정을 되찾은 교도 중 하나가 등 뒤에서 소리를 냈다.

"위대한 혈마께서 미천한 하교들을 구명해 주셨사오나, 이리도 못난 꼴을 보이고 말았으니 죽음으로 밖에는 속죄할 길이 없사옵니다."

"너희가 전부는 아닐 터. 전부 몇이었느냐?"

"서…… 서른이옵니다."

"하면 나머지 여덟은 어디에 있는가."

"당내(堂內)에 있을 것이옵니다."

하지만 죽었다.

저 안에서 풍겨오는 냄새, 흩어진 선천진기들이 먼저 말해 주고 있었다.

아직 살아남은 이들이야, 물이든 음식이든 독이 든 그것을 급히 뱉어내고 독기를 억눌렀기에 지금 내 앞에 있을 수 있었던 것이다.

하지만 당내에서 죽은 이들은 본인들이 그러했던 것처럼, 위험을 사전에 경고해 줄 사람이 없었던 것이다.

나는 본교의 교도들을 공격했던 반도들을 노려보았다.

더는 아무도 나를 바라보지 못하고 몸만 떨고 있다.

공력을 품고 있던 자들, 그러니까 이 지역의 무관에서 나온 것들이나 관의 무장을 했던 이들은 전부 죽어 쓰러졌다.

오로지 평범한 치들만 피 웅덩이 위에 가까스로 서 있다.

위에서 검과 활을 쥐어주면서 시키는 대로 했을 뿐이란 것을 내 모를까.

하지만…….

저것들의 어깨 너머로 죽은 교도들이 계속 보이는 걸

어찌하란 말인가. 저것들의 칼에 묻어 있는 피가 누구의 피겠는가. 또 교도들의 시신에 꽂혀 있는 화살이 어디에서 나왔겠는가.

"……하여라."

하지만 너무도 작게 흘러나온 말이라, 교도는 알아듣지 못했다.

차마 되묻지 못하는 그에게 다시 한 번 말했다.

"전부……."

나는 저것들을 모조리 죽여 버릴 힘을 이를 바득바득 가는 데에 썼다.

"압송하여 엄히 다스려라."

*　　　*　　　*

돌아오는 길에 결론에 이르렀다. 손바닥에 내가 앗아간 목숨들의 수를 새긴다 하여, 아무것도 달라질 게 없는 것이었다.

시시때때로 변하다가 지금은 '7319'로 되어버린 숫자가 피부 안으로 녹아든 그때 나는, 태자 율이 분조의 근간으로 삼았던 궁성 태극궁(太極宮) 안으로 들어가고 있었다.

궁 안에서는 삼천 구가 넘었던 시신을 치우는 작업이 이제야 시작되고 있던 중이었다. 상복으로 갈아입은 궁인(宮人)들과 내관들이 그 일을 하고 있었으며, 병사는 많이 찾아봐야 열 명 중에 한 명 꼴이다.

나는 내관 중에서도 가장 품계가 높아 보이는 늙은 내시의 앞으로 다가갔다.

비록 연조는 끝이 났지만, 궁 안의 사회는 전과 다름없이 돌아가고 있던 터였다.

늙은 내시는 황제의 집무실 앞에서 계단 아래로 넓게 펼쳐진 뜰을 내려다보며, 다른 내관들과 함께 대화를 하고 있는 채로 멈춰 있었다.

내가 난데없이 나타나 버리자, 내관 전부가 식겁하며 제각기 다른 반응을 보였다.

내게 허리를 굽히는 자가 있는가 하면 그렇지 않은 자도 있었다.

여태껏 여기에 남아 있으면서도 허리를 굽히지 않는 그 용기가 참으로 가상하다고 하여, 머리를 쓰다듬어 줄 수도 없는 일.

허리를 굽히지 않는 자들이 점혈되어 뒤로 넘어지던 그때, 시신을 치우는 작업이 한창이던 뜰에서도 내 등장을 알아차렸다.

궁녀와 내관들이 하던 일을 즉각 멈췄다. 품계 높은 늙은 내시가 그들에게 손을 까닥거렸고, 시선 안에 들어온 전부가 내게 허리를 숙였다.

그러면서 늙은 내시는 쓰러진 내시들을 무정한 눈으로 쳐다보았다. 마치 이렇게 될 줄 알았다는 듯, 그들의 우매함을 탓하는 것 같기도 했다.

"상복(喪服)은⋯⋯."

늙은 내시가 무슨 말을 하려다가, 내 눈빛을 받아 입술을 닫았다.

나는 그대로 황제의 집무실로 들어가 버렸다. 다른 내시들은 가만히 있는데, 그 늙은 내시만이 내 뒤를 조심스럽게 따라왔다.

용상에 엉덩이를 깔고 앉을 무렵, 늙은 내시가 먼발치에서 목소리를 냈다.

바깥이 심각히 조용해졌거니와 넓은 실내 안에 자리한 이도 우리 둘뿐이라서, 늙은 내시의 작은 목소리는 구태여 귀를 기울이지 않아도 충분히 알아들을 만했다.

"소인 하승이 삼가 죽을죄를 범하오며 아뢰나이다. 소인이 잔약한 몸으로 외람되이 본 궁의 큰 자리에 임하고 있어, 혈마의 어명 없이 궁 안의 소일들을 지시하고 있었나이다."

궁과 도성에 있던 신료들 중에 연조에 충절을 지켰던 이들은 어제 모두 죽었다. 물론 그중에는 내관도 상당하였다.

즉, 지금껏 살아남아 궁의 잡일을 보고 있는 치들은, 궁녀들을 제외하고는 어제 태자의 율의 곁에 서지 않았던 이들이다.

모름지기 이런 기회주의자들을 다 처단해야 함이 마땅하지만, 충절을 지켰다고 죽이고 충절을 아니 지켰다고 죽인다면 도대체 죽지 않을 자가 있을까.

"하승이라 하였느냐?"

공력 품은 내 웅혼한 음성이 내관 하승의 주위를 맴돌았다.

조금만 자극하여도, 늙은 내시의 몸이 견디지 못할 터였다.

늙은 내시는 새파랗게 질려 부들부들 떨다가, 내가 기운을 거두는 순간에 고꾸라 넘어졌다.

그래도 몸이 다치지는 않았다.

그가 말린 고기처럼 자글자글한 손으로 내전 바닥을 짚고 일어섰다.

"저……희 대소 내관들과 나인들은 옛날의 것에 어긋남이 크다는 것을 통감하고 있었나이다. 결국 패군(悖君)

의 대에 이르러서, 곤궁한 사람이 넘쳐나고 풍속이 어지러워졌나이다. 이에 혈마께서 일어나셨으니, 응당 천명이 연조를 떠나 혈마께 머물렀나이다. 부디 혈마께서는 저희 대소 내관과 나인들을 가엾게 여기시어 구명하여 주시옵소서."

현재 궁 안에 느껴지는 선천진기로 계산해 볼 때, 내관과 궁녀들을 합쳐 이천여 명을 조금 넘었다.

그런데 흥미로운 점은, 내관들의 대표가 나를 천자니 뭐니 하지 않고 '혈마'라고 부른 것에 있었다.

그동안 중원을 지배하였던 다른 왕조와는 많은 게 다른, 신(新) 왕조의 시작을 인정하는 발언으로 생각됐다.

"네놈이 과연 궁 일에 밝다면, 그 재주가 네놈을 구명해 줄 것이다. 가서 궁에 잔존한 옛것들을 모두 치워 본교의 대업을 새로 시작할 수 있게끔 하거라."

늙은 내시는 그의 기득권을 인정해 주겠다는, 꿈에 그리던 말을 들었으면서도 표정에 변화가 없었다.

안분(安分)하여 눈치껏 굴면 목숨만은 유지할 수 있을 것이나, 사특(私慝)하게 번질거리는 저 두 눈을 내가 왜 모를까.

조만간 이 궁뿐만 아니라, 천하 전체가 기회주의자들의 전쟁터가 되겠구나 싶었다. 앞으로 본교에 투신하는 것들 전부는 바로 저런 치들로 이루어질 것이다.

망국에 충절한 자들이 천하를 피로 물들인 악의 소굴로 뛰어들 일이 있을까?

그러니 비단, 이 늙은 내시를 비웃을 일이 아니었다.

"존교(尊教)에서는 높은 명을 받들어, 존교의 교언을 앞에 두고 '존명. 혈마는 위대하시다' 라고 한다고 들었사옵니다. 소인도 그렇게 올려도 되겠나이까?"

"교언을 아느냐?"

"예. 천유양월 천세만세 지유본……."

쓰윽.

나는 팔을 짧게 들어, 늙은 내시의 말을 막았다.

"아느냐 물었지, 감히 본교의 교언을 읊는 것이냐."

그가 황망히 엎드렸다.

"소인이 여지껏 아둔하고 어리석어 분수를 모르나이다."

"맞다. 궁 일을 맡기에는 네놈은 우매하기 짝이 없다. 썩 본좌의 눈앞에서 그 늙은 몸뚱이를 치워라."

이 늙은 내시는 죽음의 냄새만큼은 기가 막히게 잘 맡았다.

멍청하게 서 있거나, 계속 애걸할 만도 한데 바로 나가는 것이었다.

"바깥에 있는 궁인들 중에, 제일 높은 품계로 있던 것은 이리로 들어오거라."

그렇게 상궁 조려가 들어왔다.

조려는 의외로 나이가 많지 않았다.

황실의 총애를 받았을 것이다.

아직도 사십 대 초반의 수려한 외모에, 자태 또한 현숙해 보였다. 그러한 그녀가 망국을 뒤따라 자결하거나 궁을 떠나지 않은 것은 조금 의외로 다가왔다.

겉으로 보이는 외모와는 달리, 야심(野心)이 있는 여인이다.

그녀는 아직 잔존하고 있는 태자비의 처우를 먼저 읍소하였다. 상복을 입어야 한다고 주창하였던 것도 이 여자였다.

밀실에서 암모(暗謀)만을 꾀했을 늙은 내시들보다는, 차라리 이 여자 쪽이 더 나았다. 적어도 제 목숨을 걸고 도박을 하고 있었으니까.

"며칠 안에 본교의 호교대왕(護敎大王)이 당도할 것이다."

"예."

"또한 위에서부터 본교의 교도들이 내려오고 나면, 본교의 천하통일을 만천하에 선포하고 이 궁을 중히 쓸 것이니라."

천하통일이라는 단어에 눈빛이 흔들리는 것 또한 감추지 못할 만큼, 나는 빤히 보이는 그 속내가 괜찮게 느껴졌다.

더욱이 늙은 내시와 견주어 크게 다른 점은, 야심찬 건 매한가지나 총명한 지모가 이쪽으로 더 엿보인다는 것이다.

같은 힘을 쥐어줬을 때, 이 여자 쪽이 더 능률이 좋을 것이다.

"하니 그동안 네가 궁 일을 도맡아 하면서, 본교의 호교도왕을 도와 그 일에 차질이 없게 하라."

"높으신 명을 받들겠사옵니다."

나는 실내를 장식하고 있는 철 조각들을 한데 모아서, 검 한 자루를 만들었다.

무예를 익힌 적 없던 여인도 들 수 있을 만큼 가볍고 짧은, 단도로 말이다. 도신에는 혈천(血天)을 새겨 넣었다.

교도가 아닌 이 여자에게 교주패를 내려줄 수는 없지만, 적어도 색목도왕이 도착하기 전까지는 도성 안에서 절대권력의 상징이 될 것이다.

상궁 조려는 제 눈앞에서 유유히 떠 있는 단도를 경이로운 시선으로 쳐다보고 있었다.

"본좌의 명을 거역하는 것들은 누구든 베어도 좋다. 헌데 일을 쉽게 하기 위해선 군부부터 다시 조직해야 할 것이다."

"소인은…… 여인이옵니다."

"본교에서는 남녀의 고하(高下)가 없음이다. 병마지권(兵馬之勸)을 가질 힘을 쥐어줬으니, 나머지는 네가 하기에 달렸다. 여인의 몸으로 하지 못했던 일들을 맘껏 해 보거라."

쥐어준 힘만큼 책임이 따른다는 것을 모를 리가 있을까.

그럼에도 불구하고 조려의 두 눈에 이채가 서렸다. 살의가 느껴지는 것을 보니, 제 일에 방해가 될 정적(政敵)들부터 떠올리고 있는 것 같았다.

아마도 늙은 내시는 다 된 밥에 재 뿌린 걸 후회만 하고 있을 게 아니라, 제 목숨을 걱정해야 할 판이었다.

나는 그 길로 안휘성 합비 대전으로 떠났다.

* * *

"이제 좀 괜찮아 보이는군. 그러게 왜 그리도 무리를 한 것이냐."

흑웅혈마가 반개하고 있던 눈을 크게 떴다.

"소마가 심려를 끼쳐드렸습니다. 분조의 소식은 하교들에게 들었습니다."

그가 부스럭거리며 상체를 일으켰다.

"감축드리옵니다."

그가 계속 말했다.

"연조의 패망은 본교가 일어설 때 예정되었던 일이었다."

"연조 때문이 아니옵니다. 모처럼 교주님의 존안(尊顔)이 굳건합니다. 줄곧 교주님의 심신을 어지럽혔던 번뇌를 떨쳐내신 게 아니라면, 무엇이겠습니까? 소마 흑웅혈마, 다시 감축의 교례를 올리겠습니다."

축하할 일이라?

큭.

흑웅혈마가 이놈의 속을 보았더라면, 결코 그렇게 기뻐할 수는 없을 것이다.

대 우주 아래 모든 생명에는 높고 낮음이 없다.

교육 따위를 받아 그 위대한 섭리를 어설프게 알고 있는 척하는 게 아니라, 실제로 체감하고 통감한 인물이 여기에 있다.

그런데 이럴 수밖에 없는 시국(時局)에 개탄하며, 인간의 편협한 마음을 그대로 인정해 버린 채, 여전히 많은 인명을 해치고 있다.

그는 무지(無知)하지 않다. 지극히 잘 알고 있는 자가 생명들을 서슴없이 짓밟는다. 누구도 대적할 수 없는 초인의 힘으로 말이다.

때문에 그의 사람들에게는 선인일 테지만, 절대다수에게는 악인일 수밖에 없다.

하지만 그부터가 그러한 사실을 뼈에 사무칠 정도로 인지하고 있으면서, 결코 멈출 생각이 없다.

그러니 그의 존재야말로 이 세상의 커다란 위협인 것이다.

빌어먹을.

난 악(惡)이다. 아니, 악이 될 수밖에 없다.

나는 혈마교주다.

"위대한 혈마시여! 감축, 또 감축드리옵니다."

*   *   *

눈발이 비스듬히 쳐들어오는 것이 꽤나 거셌다.

그런데도 행인들은 온몸에 부딪혀 대는 설풍(雪風)에 발걸음을 서둘렀으면서, 어느 장원 앞을 그냥 지나치지 못했다.

그네들의 시선을 잡아끄는 게 있었다. 거의 대부분이 장원의 정문에 붙여진 혈서를 보면서 쑥덕거리고 있는 중이었다.

이하 그 내용이다.

익안공 강부사와 그의 일가는 삼대로 연조의 녹을 받았거니와, 성은으로 사업을 크게 일으켜 재산이 넉넉하고 대단한 세력을 이루었다. 누구보다 사리를 분간하였을지언데, 간악하기 이를 데 없는 혈마의 무리에게 천자를 통하여 이룬 재산을 납공(納貢)하는 데에서 그친 것이 아니라, 역한 부귀영화를 탐하여, 혈마의 무리들이 공명정대(公明正大)하다며 충절하였던 홍량, 이산적, 구룡파 등 서른아홉 명의 신료들과 화룡검문, 태의파, 소오태산회, 무허장, 당산수방 등 스물일곱 개의 정도문파를 해치는 데 일조하였다. 이에 익안공 강부사의 패악함이 하늘에 닿았다.
 - 멸마복정회(滅魔復正會) 천명당(天命黨) -

"저런 씹어 먹을 놈."
행인 중 하나가 이를 갈며 말했다.
그런데 바로 옆 사람도 듣지 못할 만큼 그저 입술만 움직이는 수준에 불과했다. 모여 있는 행인들 대다수가 그와 별반 다르지 않았다.
개중에 정말로 용기를 낸 자는 삐그덕거리고 있는 장원

의 문 앞에 침을 뱉었지만, 그렇게 한 뒤에 불안한 눈길로
사방을 두리번거렸다.

"벌써 이만치 모여버렸구만. 어서들 가게나. 여기 있다
가는 경치고 말걸세."

어떤 사내가 기웃거리고 있는 소동(小童)과 유민들을 발
길질로 쫓아내며 그렇게 말했다.

하지만 사람들을 걱정하는 사내의 용기 있는 말보다도,
위쪽 거리에서부터 눈발을 뚫으며 달려온 칼 찬 사람들의
등장이 모인 사람들을 혼비백산하여 달아나게 만들었다.

제일 선두의 다섯 명은 무공 익힌 무림인이고, 그 뒤를
따른 서른 명은 관병이다. 거기서 본교의 교도는 단 한 명
뿐이었다.

본교의 교도만이 혈마군의 무갑을 입고 있었으며, 나머
지는 그렇지 못하여 붉은색 띠를 팔에 두르고 있었다.

잠깐 발길이 멈춰진 이상, 좀 더 지켜보기로 했다.

그사이에 잡초가 무성해지듯 다시 설치고 있는 잔당들
도 그렇지만, 대행혈마단주 염왕손과 대뇌만단주 삼뇌자
가 갖춰놓은 시스템에 흥미가 쏠렸기 때문이다.

보아하니 사파 혹은 중도를 표방했던 소방파들을 끌어
들이고, 포로가 된 병사들도 다시 쓰기 시작한 것 같았다.

쫘악.

교도가 장원 정문에서 혈서를 움켜잡듯 뜯어버린 다음, 내용을 살펴보았다.

교도는 점점 일그러진 미간을 고스란히 보인 채로 그가 대동하였던 무림인 넷에게 장원 안쪽을 가리키고, 관병들에게도 짧게 수신호를 보냈다.

그때 관병 서른이 총 세 무리로 나뉘었다. 한 무리는 무림인 넷을 뒤따라 장원 안으로 들어가고, 다른 한 무리는 장원을 크게 포위하고, 개개인으로 흩어진 마지막 무리는 인근의 상가와 민가의 문들을 위협적으로 차기 시작했다.

"당장 열어라!"

"엎드려어어엇!"

세찬 눈보라 소리로만 가득했던 거리가 더 시끄러워진다.

나는 거리에서 장원 안쪽으로 시선을 옮겼다.

여기저기 쓰러져 있는 시신들 위로, 지난 밤사이에 그렇게나 내린 많은 눈들이 시신을 찾기 힘들 만큼 쌓여 있었다.

본교의 교도는 그가 데리고 온 무림인들과 함께 시신들의 몸에 쌓인 눈을 치워버린 후에, 사인을 하나하나 살펴보았다.

잠시 후.

무림인 중 하나가 교도에게 다가올 때쯤 해서, 교도도

수그리고 있던 허리를 폈다.

교도가 먼저 입을 열었다.

"벽성당의 화륜검(火輪劍), 칠죽오의문의 소청검(小靑劍), 소오태산회의 웅패권(熊覇拳)."

하나하나 사인을 말하는 교도의 얼굴에서 점점 격해지는 감정의 변화가 엿보였다.

"맞소. 가히 대단하시오!"

무림인이 잠시 교도의 눈치를 보다가, 어떤 시체 앞으로 교도를 데리고 갔다.

"북서로 준화와 흥륭을 지나쳐 열흘 정도 더 가다 보면 만성이라는 곳이 있소. 그 일대로 칠식도호(七式刀虎)라고 유명한 자가 있는데, 그자 또한 도성으로 들어온 것 같소이다."

무림인이 말했고, 교도는 시체의 가슴에 새겨진 큼지막한 자상을 골똘히 쳐다보며 그 말을 듣고 있었다.

"칠식도호는 십절 유성도(流星刀) 영도군과 일곱 번 겨뤄 세 번을 이겼다는 소문이 있소. 이 자상은 칠식도호의 절초 탈명도의로 보이나, 확신을 할 수 없으니 본 방으로 보내는 게 어떻겠소?"

교도가 짧게 고개를 끄덕였다. 그러자 무림인이 관병 둘을 불러 시신을 옮기게 했다.

안채 깊숙한 쪽에서 교도를 부르는 소리가 났다.

교도는 '혈마군님'이라고 불렸다.

"안쪽을 보셔야겠습니다."

관병이 교도를 이끄는 대로, 나도 움직였다.

당연히 안채 안에는 눈이 쌓일 수가 없어, 당시의 긴박했던 상황이 절실히 드러나 있었다.

피가 흥건한 손바닥으로 벽을 쓸어내리는 자국들이 자주 눈에 띄고, 그 아래 바닥에는 양단된 시신들이 내장을 드러낸 채로 쓰러져 있었다.

지난밤에 장원을 쓸고 간 칼날들은 남녀노소를 가리지 않았다.

잔혹한 밤이었을 게다.

무림인 둘이 장주로 보이는 인물의 시신 앞에서 교도를 기다리고 있었다. 또한 시신의 몸에 난 열세 개의 자상이 잘 보이도록, 시신을 발가벗겨 놓은 뒤이기도 했다.

그들은 교도와 이미 같이 와있는 중이면서도, 교도에게 다시 목례를 하고서 말했다.

"알아보시겠소? 고명한 검식에 의한 것 같소만, 우리 하북에서는 견식 없던 것이라오. 혹 아실까 싶어……."

그러나 좌중 누구도, 장주의 잘린 목이 대청에 걸려 있으며 그 이마에 죄인(罪人)이라 큼지막하게 새겨진 것에 대해서는 조금도 신경 쓰지 않는 것 같았다.

교도는 장주의 사인을 알아보는 눈치였다.

나도 곤륜파에서 저런 검을 본 적 있었다.

정확히는 곤륜파의 운룡십삼검.

하지만 교도는 얼굴을 구기고만 있을 뿐이지, 대동한 무림인들에게는 그 사실을 알려주지 않았다. 무림인들도 교도에게 캐물을 생각이 없어 보였다.

무림인들은 그제야 장주와 함께 죽임을 당한 장주의 정실부인 쪽으로 관심을 돌렸다.

그들이 정실부인의 시신을 발로 밀어 치우자, 그녀가 끝까지 지키고 싶어 했을 어린 아들의 시신 또한 함께 드러났다.

"생존자는 없으며, 총 일흔두 구의 시신을 발견하였습니다."

관병의 보고가 들어왔다.

"이 주변! 다 잡아들여라."

교도는 잔뜩 성이 났다.

"옛."

그렇지 않아도 이미 바깥에서는, 장원의 주변에 있던 민가와 상가들에서 거주민들이 질질 끌려 나오고 있었다.

*　　　*　　　*

    "너희들은 하북의 잔당들일 테고, 그리고 네가 곤륜에서 온 놈이구나."

    "혈……혈……혈마교주우우우! 커……커억!"

*　　　*　　　*

    옛 황궁 안.

    대행혈마단주 염왕손이 난데없이 떨어지기 시작한 수급(首級)들 때문에, 바로 공력부터 일으켰다. 그러나 나를 보고는 급히 공력을 거두며 부복과 함께 교언을 외쳤다.

    "천유양월, 천세만세, 지유본교, 천존교주, 독보염혈, 군림천하, 천상천하, 지상지하, 광명본교!"

    그가 사무를 보고 있던 방 바깥에서도 어김없이 교언이 들려왔다.

    한편.

    내가 던졌던 수급들이 바닥을 굴러, 염왕손의 몸에 툭툭 부딪혀대고 있었다. 큰 그림자가 그 위를 빠르게 덮쳤다. 그림자의 주인. 두 눈만 부릅뜨고 있을 뿐이지 몸을 가눌 수 없는 노인이 염왕손 앞으로 쓰러졌다.

쿵.

심문을 위해 유일하게 포획해 온 곤륜파 잔당이다.

"일어나거라."

오랜만에 본 염왕손의 얼굴이 많이 상해 있었다.

염왕손은 중원의 시간으로 치면 이 개월 가량, 본래 연조가 황궁으로 삼고 있던 현무궁에 머물면서 오천 명의 혈마군들과 함께 도성과 주변을 정리하고 있었다.

검을 들고 뛰어다니고 있을 그가, 두 눈이 퀭한 채 붓을 들고 있는 것만 봐도 그간의 고생이 무엇이었는지 불 보듯 뻔했다.

"얼마나 못 잔 것이냐."

"전지전능하신 교주님께서 찾아뵈시기 전에 끝내려 하였사오나……."

나는 염왕손이 여러 수급과 곤륜파 잔당을 의식해 말하고 있는 것을, 고개 저어 그만두게 했다.

그때 곤륜파의 늙은 잔당은 천추의 한이 담긴 눈으로 나를 노려보고 있다가, 이제는 눈알을 뒤룩뒤룩 굴리며 실내를 훑어보고 있는 중이었다.

"듣자하니 벽성당, 칠죽오의문, 소오태산회. 그런 치들이더군."

"교주님께서 언급하실 만큼 대단한 것들이 아니옵니다."

염왕손은 조금 경황없어 했다.

내가 갑작스럽게 나타났기 때문에도 그렇지만, 염왕손처럼 전장에서 내 곁에 있었던 자들은 그때와는 적잖게 달라져 버린 내 분위기를 눈치채고 만다.

흑웅혈마와 색목도왕은 물론이고, 지천무문주 마영도도 그랬다.

나는 개의치 않고 말했다.

"헌데 이것들에 대해서 들었던 교도가 심히 분노하였음을 보았다. 그리고 지금 너도 그렇지 않느냐?"

벽성당이니 칠죽오의문이니 할 때, 나는 염왕손의 눈빛에서 살의를 읽었다.

"이것들은…… 이것들에게 적지 않은 하교들이 목숨을 잃었사옵니다."

역시나, 억누르고 있던 염왕손의 분노가 터졌다.

"지금까지 몇이나 희생되었느냐?"

"마흔셋입니다."

마흔셋이라…….

"시신은 수습하였느냐?"

나는 그것부터 물었다.

"옛."

"한침(寒寢)을 아느냐?"

"예."

"한침을 충분히 구하거라. 늦기 전에 시신을 땅에서 꺼내 한침에 두고, 장의를 불러 교도들의 시신을 정갈하게 해야 할 것이다."

여기 눈 내리는 하북성이 아니라 더 너머, 산서성과 섬서성 그리고 감숙성과 청해성을 가로지른 멀고도 먼 저 사막 안이…….

그네들의 고향이며 가족들의 품 안이다. 여기에 묻을 순 없다.

"또한 이자는 곤륜파의 잔당이니 최대한 심문하여, 멸마복정회란 것들의 본거지를 알아 내거라. 이것들의 목숨으로나마, 안타까이 떠나버린…… 교도들의 넋을 달래야 겠다."

그 순간.

대뇌마단주 삼뇌자의 목소리가 바깥에서부터 끼어들었다.

"그 일로 소마가 긴히 드릴 말씀이 있사옵니다."

내가 여기에 방문한 진짜 이유.

그가 허리를 굽히며 들어왔다.

"소마 삼뇌자가 전지전능하신 교주님을 뵈옵니다."

"무엇인가?"

"소마 삼뇌자. 일전에 삼장로 색목도왕에게 '우적'이라는 이름을 들은 적이 있사옵니다. 하온데……."

하온데?

삼뇌자의 표정을 보니 그리 긍정적인 이야기가 흘러나올 것 같진 않았다.

놈이 무림 잔당들과 결탁한 것이라면, 어떻게든 바깥으로 드러날 수밖에 없으니 찾아가서 제거해 놓는 것이야 시간문제일 것이다.

하지만 삼뇌자는 뜻밖의 말로 포문을 열었다.

"소마가 교주님의 존명을 받들어 북천축을 많이 오갔지 않았사옵니까."

삼뇌자는 우리가 북천축의 정국에 개입했던 일을 말했다.

"그편에 삼장로 색목도왕도 소마에게 전했던 임무가 있었사옵니다. 교주님께서 비밀리에 암제의 전승자를 찾고 있으나, 놈이 서역으로 도주하였을 가능성을 염두에 두어야 한다 하였사옵니다. 헌데 소마가 북천축을 왕래하던 당시에는 어떤 흔적을 찾을 수 없었사옵니다. 해서 임무를 완수하고 돌아오는 길에, 다시 갈 길이 묘연해서 북천축의 상인에게 연결책을 남겨두었던 적이 있었사옵니다."

그러니까 그 연결책으로부터 소식이 들어왔다는 것이다.

그 말에 나는 두 사람이 생각났다.

옥제황월과 라쿠아.

옥제황월도 라쿠아에 의해서 서역으로 넘어갔다가 돌아왔던 전적이 있었다. 과연 우적 또한 라쿠아에 의해서든 아니든, 서역으로 넘어갔다는 그 결과만으로도 골치 아파진다.

삼황의 진전이 전부 놈에게 넘어갔다는 것을 생각해 보자면, 놈을 잡기 위해서는 교도들을 보낼 수 없고 내가 직접 움직여야 한다는 것을 뜻하기 때문이었다.

아니길 바랐지만, 삼뇌자의 이야기는 계속 서역 안에서 머물렀다.

"서역 땅에서 무위를 크게 떨치는 군주들이 여럿 있사옵니다."

살라딘을 말하는 것이다.

"헌데 서역의 무공은 본교와 중원의 무공과는 특별나서……."

"알고 있는 바다."

"일만이천 리 떨어진 곳에 덕흑란(德黑蘭:테헤란)이란 큰 도시가 있사온데, 서역 사대왕(四大王) 중 일인이 다스……."

"그자는 '무트타르'가 아니더냐. 서역에 대해서라면 그대 못지않게 아는 본좌이니, 일일이 설명할 것 없다. 계속하라."

"서역 땅에서 우적이란 이름이 처음 드러난 곳이 바로 그곳이었사옵니다."

제5장

제발

　"하지만 후회는 없소. 우리의 오늘은 앞으로 천 년을
넘게 회자될 것이니 말이오."

　"무트타르가 마지막으로 남긴 말이란 것이⋯⋯?"
　"하지만 후회는 없⋯⋯."
　스윽.
　나는 바로 손을 펼쳐 삼뇌자의 말을 막았다. 무슨 말을
했을지 알고 있기 때문에, 구태여 다시 확인하고 싶지 않
았다.
　갯지렁이 수천 마리가 체내 저 끝에서부터 심장에 이르

기까지, 스믈스믈 기어오르는 듯한 더러운 기분이 들었다.

그건 우적이 무트타르와의 대결에서 이겼기 때문이 아니었다. 지금은 무(無)로 사그라지고만 시간대의 일에 불과해졌다 하더라도, 무트타르와 교분을 나누었던 금란지계(金蘭之契)의 마음을 놈이 가로챘다는 생각을 뿌리칠 수 없었기 때문이었다.

하지만 삼뇌자는 내 심경의 변화를 눈치채지 못하고, 연결책에게서 받았던 보고서를 보기 좋은 곳에 펼쳐 놓았다.

무트타르와 대결은 우적의 이름이 비로소 드러난 마지막 행적일 뿐이다. 보고서는 우적이 무트타르와 대결하기 이전의 사건들을 다루어, '동방에서 온 무인'이 대결에서 꺾은 서역의 강자들에게 초점을 맞춰져 있었다.

옥제황월이 서역으로 갔던 당시와 여러모로 겹치는 시간대였다. 그러나 보고서에서 적시한 동방에서 온 무인이란, 정황상 우적이 틀림없었다.

당시에 옥제황월은 서역에서 폐관 중이라 사람들의 눈을 피하고 있던 반면에, 보고서 안의 동방에서 온 무인은 계속 일관되게도 서역의 강자들을 찾아 겨루고 다녔다.

보고서를 작성한 연결책 또한 동방에서 온 무인과 우적을 외견상의 이유를 들어 동일 인물로 보고 있었다.

"서역에서 비무행을 하고 다녔군."

삼황에서 전승된 힘을 시험하기 위한 것으로 보이는 대결은 초반의 몇 개뿐, 무트타르와 대결을 하였던 이유는 생사(生死)를 걸고 한 단계 도약하기 위해서였으리라.

그 증거로 무트타르와 대결 직후, 놈 또한 오랫동안 사경을 헤맸다고 하였다.

과거의 내가 그랬듯이.

"그러하옵니다. 지금도 그러할 터, 특임대(特任隊)를 조직해 서역으로 보내신다면 성과가 있지 않겠사옵니까."

삼뇌자가 눈을 번뜩거리며 대답했다.

"특임대로 누굴 생각하느냐?"

"암제의 진전을 이었다 하더라도 시일이 짧사옵니다. 그래도 암제의 후계인 만큼, 본교의 출중한 거마가 직접 담당해야 할 것 같사옵니다."

직접적으로 그 당사자를 언급하지 않았지만, 누구나 알 수 있는 바였다. 바로 옆에 있는 염왕손을 두고 하는 말이다.

줄곧 우리들의 이야기를 듣고만 있던 염왕손 또한 그걸 모를 리 없어, 삼뇌자를 향해 눈을 부릅떴다.

허공에서 염왕손과 삼뇌자의 눈빛이 부딪쳤다.

그간 둘 사이에 모종의 갈등이 있었던 것으로 보였다.

하지만 이내 염왕손이 삼뇌자에게 입술을 한번 실룩여 보이는 것을 끝으로, 자신을 서역으로 보내달라고 청해왔다.

그때 나는 정말로 화가 나 있었다.

"비록 정마교에 가로막혀 있었다 한들, 본교는 동방무림에 비하여 서역의 무인들을 접할 기회가 많았다. 헌데도 서역의 무공을 가벼이 여기는 너희들을 보니, 실망과 개탄을 금할 수 없다."

서역으로부터 모래돌풍이 일고 나서야 깨닫게 된들, 무슨 소용이랴. 그때는 늦는다.

하지만 지금 일어나는 화는 그 때문이 아니었다.

"서역의 무공은 중원의 무공과 비교하여 결코 하등하지 않다. 도리어 선천진기를 수련하여 신묘한 능력을 얻은 자들도 상당하다. 그러니 삼뇌자야. 삼뇌자야. 이놈 삼뇌자야."

스르르.

순간에 뻗친 공력이 느릿한 물결의 형상을 허공에 수놓았다.

그러나 삼뇌자는 거기에서 미친 힘에 압도되었다. 결코 피할 수도 없어서, 제 몸을 고스란히 내줄 수밖에 없음이다.

"커헉!"

단번에 여덟 개의 혈이 적중당한 삼뇌자가 즉각 튕겨 나갔다.

그리고는 큰 소리를 내며 벽에 부딪쳤다.

"본교가 혈천하는 아직 미완성이니라. 그 대업을 이루려면 넘어야 할 산이 수도 없이 많거늘, 벌써 본교의 교도를 향해 암투(暗鬪)를 보여서 어찌하자는 것이냐. 하물며 본교의 거마라는 것이."

북천축을 수없이 오간 삼뇌자는 서역의 무공을 직간접적으로 겪을 수밖에 없었다.

어느 누군들 이쪽의 전통적인 맥(脈)과 판이하게 다른 그곳의 무공에 호기심을 아니 느끼겠냐만은, 그와 같은 지자(知者)라면 더욱 강렬하게 다가왔을 것이다.

그런 삼뇌자부터가 무트타르를 언급하고 나왔다. 서역의 물정에 대해 잘 알고 있는 그가 염왕손을 우적에게 보내라 암시하는 것은, 염왕손을 사지로 내보내는 것이 아니고 무엇이겠는가.

이런 치와 본교의 천년 반석을 논의하러 왔다.

그 사실이 나를 더 화나게 만들었다.

"무트타르의 무위는 지고(至高)한 경지에 이르러 저 넓은 서역 안에서도 당해낼 자가 없다. 그런 무트타르가 대결에서 졌다."

나는 거기까지 말하고 염왕손에게로 시선을 돌렸다.

"대행혈마단 전원을 이끌고 가도 소용없을 것이다. 더욱이 우적, 그놈이 비무행 중이라면 더는 서역에 없을 것이니라."

　　"여기에는 나. 동방에는 그대. 그리고 서방에는 대검
　　사(大劍士)가 있소. 그렇소. 내 부탁은 만일 그대가 나
　　를 꺾어도, 서방의 대검사와도 우열을 가려 달라는 것
　　이오. 나 또한 그대를 꺾거든 서방으로 갈 것이오. 내
　　부탁을 들어주시겠소? 이 세상에서 누가 가장 강한지
　　가려보자는 말이오."

내 생각이 맞다면 우적은 이슬람 제국에서도 더 서쪽
너머, 서방의 제국.

유럽으로 향했다.

*　　　*　　　*

나는 쓰러진 삼뇌자의 앞에 가서 그를 내려다보았다.
그의 안색이 붉어지고 파래지길 수차례 반복하다가, 이윽

고 하얗게 질렸다. 삼뇌자는 구명을 바라는 간절한 얼굴을 들어 보였다.

"배교도 벽력혈장이 너를 봉마동에 가뒀던 이유가, 네가 전대교주에게 충절하였기 때문만은 아닌 것 같구나. 그래. 그때도 벽력혈장은 너를 포섭할 생각 없이 바로 봉마동에 가둬버렸다지? 욕심이 너무도 크고 선명해서 머리를 가리는 자를, 곁에 두어서 무엇하겠느냐. 그래서 벽력혈장은 너를 포섭하지 않은 것이다."

만악독문주 독응, 전세지문주 만안, 대뇌마단주 삼뇌자.

기억도 가물한 아주 오래전.

일장로였던 벽력혈장이 역심(逆心)을 드러냈을 때, 그는 이들 세 거마를 애초부터 포섭할 생각도 없이 뇌옥에 가두고 보았었다.

그동안은 혼란스러운 정국 속에 가려져 있었으나, 이제는 그 이유가 보였다.

한 사람도 부족한 이때. 오죽하면 소륵국으로 보낸 산화혈녀와 흑야풍을 다시 불러들일 생각을 하고 있는 이런 시국에 말이다.

"허나 그 동안의 공로가 크고 본좌를 향한 충심 또한 큰 것을 아니, 마지막 기회를 아니 줄 수 없다. 너는 한군데도 빠짐없이 움직여 그간 희생된 교도들의 명부를 작성하고, 내게 보고하는 동시에 십시로 돌아가 남은 생을 보내거라."

파앙!

아직 완전히 흩어지지 않고 잔존해 있던 기운에서 꽤나 큰 파공음이 나왔다.

그 순간 삼뇌자가 피를 토했다. 그의 기혈을 틀어 놓았던 핏물이 한데 뭉쳐서 나온 그것은, 성인 남성의 주먹만큼 컸다.

그제야 삼뇌자의 안색도 숨소리도 자연스러워졌다.

"은……퇴하라는 말씀이시옵니까?"

삼뇌자의 두 눈이 파리하게 흔들렸다.

내가 성난 기색을 드러내려던 순간, 삼뇌자는 황망히 그렇게 하겠다며 물러나려 했다.

"잠깐."

나는 도망치듯 나가려는 그를 다시 붙잡았다. 그가 은근히 기대 서린 눈으로 나를 쳐다보았으나, 단호하게 물었다.

"우적과 반도의 무리들과는 무슨 관련이 있는 것이냐? 아직 듣지 못하였다."

삼뇌자는 속으로 한숨을 길게 내쉴 시간이 지난 후에,

입을 열었다.

"숨겨지거나 숨겨지지 않았던, 황실의 많은 재산이 멸마복정회에게 흘러들어갔사옵니다. 헌데 이에 주도적인 역할을 한 자가 암제라고들 하온데, 암제는 죽고 없으니, 누가 암제를 자처할 수 있겠사옵니까."

"해서?"

"서역으로 도망치기 전에 안배해 놓은 것이 있지 않겠사옵니까."

그럴 수도 있다. 천자, 대대로 대국 황제는 삼황과 끈이 닿아 있었으니까.

그때 불편해 보이는 염왕손의 얼굴이 시선에 들어왔다. 내 눈길을 받은 염왕손이 거기에 한마디 더 첨언했다.

"잡혀 와 떠들어 댔던 것들에 따르면, 보화의 양이 열 개의 나라를 사고도 능히 남을 양이라고들 했습니다. 허나 허풍이 아니겠사옵니까. 교주님께서는 망령된 헛소문에 심려치 마시옵소서."

설사 그게 사실이라고 해도, 내 신경을 자극하는 것은 그런 금붙이 따위가 아니다.

오면서 봤던 광경을 똑똑히 기억한다. 정도를 자처했던 자들이 이제는 본교에 협조했다는 이유만으로 일가를 거침없이 몰살(沒殺), 갓난아기까지도 죽이고 다닌다.

하지만 그 또한 서막에 불과하다.

잔당들의 저항은 앞으로 더 과격해지고 극에 치달을 것이다.

"대뇌단 전부를 소집하고, 특히 귀단주 상청을 본좌의 앞으로 데려와……."

명을 내리던 바로 그때였다.

지축(地軸)이 굉장한 자극에 의해서 흔들리는 것이 아닌가!

나는 쏜살같이 천장을 뚫고 올라 고개를 돌렸다.

힘의 중심은 황궁 서문 쪽이었고, 멈춰버린 세상으로 침범해 들어 온 거대한 빛 무리가 거기서부터 시작되고 있었다.

벽과 성벽뿐이 아니라, 잿더미로 변해버린 온갖 것들이 그 안에 휩쓸려, 빛 무리 함께 쏟아져 들어오는 채로 멈춰 있다.

폭발이 일어나는 중이었다.

거대한 폭발이!

*　　　*　　　*

세상은 멈춘 것처럼 보였어도, 이미 뻗친 빛은 나의 감각을 초월하여 사방으로 미치고 있었다.

나는 강렬하게 뻗친 빛무리를 뚫으며 조금 더 안쪽으로 들어갔다.

파괴의 경계선이 바로 코앞. 그 경계선 너머로 모든 게 잿더미로 변해 가고 있는 중이었다.

사람도 폭발이 가져온 죽음의 열화(熱火)를 피해가지 못했다. 그래도 폭발이 시작된 순간에 당도했던지라, 폭발에 휩싸였던 사람들의 형체는 아직까지는 알아볼 만하였다.

그러나 그 많은 사람들이 사그라지는 광경 중에서, 유독 그것이 눈에 띄었다. 그것은 틀림없이 혈마군의 무갑이었다.

나는 순간 파닥거리는 심장의 움직임만큼이나, 황급히 시선을 돌렸다. 폭발의 경계선 바깥으로 혈마군의 병영이 보였다.

나찰로 변한 열화가 혈마군의 병영을 향해 서서히 꿈틀거리고 있었다.

얼마나 많은 교도들이 이 화마(火魔)에 벌써 휩싸여버렸는지는 몰라도, 저 폭발이 병영까지 삼킨다면 그야말로 수천 명의 교도가 몰살당할 지경이었다.

폭발이 가진 화력은 실로 대단했다. 저쪽 세상의 고폭

탄만큼이나!

하지만 저쪽 세상의 것이 아닌 게 분명하게도, 화약 특유의 냄새는 어디에도 없었다.

일단 나는 병영으로 번지고 있는 불길로 자리를 옮겼다.

이것의 화력이 얼마나 대단한들, 극성의 십이양공 앞에서 무용지물이다. 내 몸에서 자욱하게 퍼져 나온 기운이 더 극열(極熱)해서, 폭발의 열기는 기망(氣網) 안에 갇혀 나오질 못했다.

큰 재앙은 이로써 그쳤으나, 폭발의 경계선 안으로는 이미 마구잡이로 날아다니고 있는 혈마군의 무갑들이 여전하였다.

그건…….

내게 모래시계가 없는 이상, 돌이킬 수 없는 일이었다.

더 깊숙한 곳에는 살점이 타버려 뼈만 남은 것들도 있었다. 교도의 것이 분명했다. 궁에서 일하는 일개 잡부의 뼈가 저리도 강골(強骨)일 리가 없으니까.

나는 강렬한 화력(火力)을 가로질러서, 그것을 자아내고 있는 중심의 중심에 도달했다.

인간?

아니, 인간이었었다.

지금은 열풍(熱風)이 일어난 방향에 휩쓸려 잿가루로 변한 상태라지만, 인간이라는 증거가 내 눈앞에 떡하니 남아 있었다.

그건 너무도 끔찍한 고통과 함께 죽음을 맞이한 흔적이기도 했다.

아마도 이빨이 전부 깨지는 것인지도 모르고 악물었던 것일 게다. 얼굴 뼈는 재로 변해서 찾을 수 없어도, 유리 깨지듯이 한 이빨 조각들이 있었다.

그런데 이러한 강렬한 화력을 만들어낸 재료가 인간이라는 증거는 또 있었다.

지금은 충돌해 버린 직후라 희미하지만, 분명히 선천진기와 후천진기의 충돌이 바로 이 자리에서 있었다.

불현듯 갑자기, 철고산의 수직으로 떨어지는 기형절벽의 모습이 뇌리를 스치고 지나갔다.

이건 그거다.

폭렬화화대법(爆裂火火大法)!

나는 사방으로 뻗치던 열기까지 십이양공의 극성 공력으로 가뒀다. 그리고 천천히 좁혀 들어가니, 황궁을 집어 삼켰을 화마는 결국 손바닥 안에서 원형(圓形) 형태의 집

약체로 변하게 되었다.

선천진기와 후천진기를 충돌시켜서 만들어낸 에너지를 뚫어져라 쳐다보다가, 주먹을 움켜쥐었다.

와직.

몸 안에서 한 번의 폭발이 일어났다. 그러나 내게 영향이 있을 리 만무했다.

몸에 있는 모든 구멍 밖으로 섬광(閃光)이 번쩍였다.

내 몸에서 뻗친 빛과 세상으로 번지고 있는 폭발의 빛이 혼재되었다.

그러나 그것도 내가 날 선 감각을 풀어버리는 시점에서 일순간 사라져버렸다.

그리고 실로 참혹한 광경이 고스란히 드러났다.

부산히 날아와 내 몸에 달라붙는 것들은 교도들의 인골 가루 혹은 이름 모를 궁인들의 인골 가루였다.

헌데 이 광경이 그렇게 낯선 것은 또 아니었다. 중원을 휩쓸고 다닐 때에도 이러한 광경은 나와 매일 같이 함께했었다.

단지 대상만 바뀌었을 뿐이다.

저쪽에서 이쪽으로.

*　　　*　　　*

"교주님!"

염왕손이 먼저 도착하고, 삼뇌자가 그 뒤에 도착했다. 그리고 병영에 주둔하고 있던 혈마군들과 폭발을 보고 뛰어온 어느 치들까지도 속속 모여들었다.

따지고 보면 폭발은 본래 가졌던 화력의 40% 선에서 그쳤지만, 그것만으로도 황궁 서문 일대 전부가 날아가 버렸다.

나는 운석이 떨어진 것마냥 움푹 파인, 폭발이 시작되어버린 그곳에 그냥 서 있었다.

삼뇌자는 반쯤 녹아버려 겨우 형체만 알아볼 수 있는 혈마군의 무갑들을 바라보며 혀를 차고 있다가, 내 앞으로 다가왔다.

정신을 가다듬은 다음, 삼뇌자에게 희생된 교도들의 숫자를 파악하라고 명령하였다.

일반적인 폭발이 아니었다. 선천진기와 후천진기의 충돌에서 나왔다. 처음 보는 형태의 폭발이었고, 그 영향으로 사인(死人)들이 죽어가면서 남겼을 선천진기까지도 전부 소멸되었다.

"염왕손. 무엇하느냐. 주변을 정돈하지 않고."

염왕손조차도 주변의 광경에 넋이 나가 있다가, 내 말에 퍼뜩 정신을 차렸다.

폭렬화화대법으로 분신(焚身)해 버린 놈도, 놈과 접촉했던 교도들 전부도 전부 화마에 휩쓸려 죽었다. 전후 사정이 어떻게 된 것인지는 오로지 죽은 자들만 알고 있을 것이다.

하지만 단독 범행일 리가 없을 터.

나는 놈과 함께했을 공범들부터 찾기로 했고, 그것들은 황성이 한눈에 들어오는 서쪽 산의 버려진 암자에 숨어 있었다.

삼뇌자가 빠르게 알아왔던, 희생된 교도들의 수는 백명하고도 두 명이었다.

*　　*　　*

"당주님의 말씀대로 폭렬화화대법은 진짜였다……."

폭발이 중간에 멈췄으나, 이를 인지하지 못하는 치들은 그것만으로도 희열에 차 있었다. 그러나 온전히 기뻐하지 못하는 이유는 이것들의 동료가 이제는 이 세상에 없는 사람이 되었기 때문이라 생각했었다. 하지만 그게 전부가 아니었다.

이것들의 얼굴에서 죽음의 냄새가 물씬 풍겼다. 이것들이 죽음을 각오한 자만이 보일 수 있는 굳건한 기세를 품고 있었다.

또한 이것들 전부는 혈마군의 무구를 갖춰, 본교의 교도로 위장해 있기도 했다.

하물며 이것들이 갖춘 무구는 철동에서 나온 본교의 진품이었으니, 어떻게 얻었을지 불 보듯 뻔했다.

본교의 교도를 죽이고 취했다.

그게 아홉 개다.

아홉 명…… 그리고 조금 전에만 백두 명의 교도들이 목숨을 잃었다.

큭.

그간 나는 본의 아니게, 감정을 짓누르는 수련을 무던히도 해왔었다. 아니다. 아니야. 거짓말이다. 수련이라니. 그럴 수만 있다면 잊어버리고 싶은 그 때 그 때를 어찌 수련이란 말 따위로 내 스스로를 속일 수 있겠는가.

뭔가 이상한 낌새를 느끼고, 내가 있는 천장 쪽을 쳐다보는 것이 있었다. 그러나 내 은신을 꿰뚫어 볼 만큼 대단한 것은 아닌지라, 금방 이쪽에서 관심을 거뒀다.

그것이 입술을 뗐다.

"당주님께서 솔선을 보이셨으니 이제는 우리 차례다. 시간이 없으니, 지금 바로 당주님께서 남기신 명령을 하달하겠다."

그렇게 말하고 있는 것이 이 무리의 두령(頭領)이다.

"장 형제."

"옛. 부당주."

"형제는 다시 한 번 시선을 끌어줘야겠다. 남문에서 시작하는 게 좋겠지."

"고 형제. 사 형제."

"옛. 부당주."

"대법의 화력이 대단하였지만, 당주께서 깊숙이 침투하는 데에는 실패했다. 두 형제가 진 당주의 의기를 이어 병영으로 가라."

세 것이 한 번에 뒤쪽으로 빠졌다.

"주 형제."

"옛. 부당주."

"마두(魔頭) 염왕손을 맡는다. 대행혈마단, 그 살인괴들을 한 자리에서 처리할 수 있으면 그렇게 하는 것이 좋을 것이나, 마두 염왕손이 최우선임을 잊지 마라. 지난 석 달간 염왕손이 황도에서 저지른 짓거리들을 잊을 수 없으리라. 그러나 당부하건대, 용 형제는 부친의 억울한 죽음은 그 마두에게 닿기까지 가슴에만 담아두어라. 살기를 눌러라."

"용 형제."

"옛 부당주."

"마교의 두뇌를 잘라라. 마두 삼뇌자 일인보다도, 대뇌단(大腦團) 사십 인의 머리를 하나라도 더 잘라두어야 정도의 후인들이 뒤를 잇기 편할 것이다."

"그리고 나머지. 위 형제와 사마 형제 그리고 용문 형제는 본 부당주와 함께 여기에 남는다. 우리 네 명은 여기에서……."

그것은 감정이 사무치는지 잠깐 말을 잇지 못하다가, 눈을 번뜩이며 뒷말을 붙였다.

"혈마교주…… 혈마교주를 기다린다. 모두에게 무운(武運)이 있기를. 멸마복정(滅魔復正)."

"멸마복정……."

"멸마복정……."

이것들이 멸마복정이라는 네 음절을 단조로이 읊는데, 어쩐지 쓸쓸한 감정의 흐름이 장내를 휘이 맴돌기 시작했다.

그런데 그게 더 나를 자극한다.

두령에게 임무를 받은 것들이 낡아 빠진 탁상 위에 올려져 있는, 더 낡아 빠진 황궁의 전개도를 빠르게 훑고는 몸을 틀었다.

바로 그 찰나.

내가 천장의 어둠에서부터 미끄러져 내렸다. 나는 그렇게 이것들의 앞에 모습을 드러냈다.

이것들에게 만큼은 편안한 죽음을 내리고 싶지 않았다.

보라. 이미 머릿속으로 침범한 이미지에서 이것들은, 난잡한 시체 조각으로 변한 지 오래다.

또한 가상의 암자는 벌써 새빨갛게 피로 물들었다. '살려주시오. 제바아알. 발가락이라도 핥겠소. 제발 살려주시오오오오', 언젠가 들었었던 비굴한 목소리들도 내 발밑에 깔려 웅웅 거렸다.

하지만 이보다 더 좋은 수가 있다.

영상이 깨지고, 이 앞의 진짜 현실이 시선 안으로 들어왔다.

이것들은 내게 날아들거나, 그 잘난 폭렬화화대법을 시전하지도 않고서 그대로 굳었다. 눈도 깜박거리지 못한다.

딱. 딱딱. 딱. 따다닥.

이것들의 이빨 부딪치는 소리가 신경에 거슬리기 시작했다.

숨이 턱턱 막혔던지, 참다못한 큰 호흡들이 동시에 후왁 하고 뻗쳤다.

쉬지 않고 벌렁거리는 코, 바깥으로 튀어나올 듯한 눈알, 사정없이 꿈틀거리는 목 쪽의 동맥, 그러한 반응들 또한 익숙하디 익숙한 것들이었다. 공포에 질려 버린 인간의 반응.

하지만 이것들은 그 정도가 더 심했다. 그렇겠지. 이 내가 굉장히 화가 났으니까.

"해 보거라."

음성에 담겨 나간 공력이 두령을 건들었다.

두령이 난데없이 혼절해버렸음에도 불구하고, 나머지 남은 것들은 이를 알아차리지 못했다.

"폭렬화화대법!"

내가 소리쳤다.

비로소 이것들에게서 반응이 나왔다.

단전에서 후천진기가 밀려나오고, 체내에서 은연히 돌고 있던 선천진기는 거기를 향해 빠르게 쏠려 내려간다.

이것들의 배가 강제로 가스를 주입하는 것 이상으로 부풀기 시작했다.

그때부터 암자를 지배하는 건 이것들의 끔찍한 비명 소리들 이었다.

"크아아악! 죽……죽어버려어엇!"

"멸마아아아 복저어어엉! 흐아아아아악!"

"살려줘어어어어엇!"

살려줘?
내가 하고 싶은 말이다. 제발.

"용…… 용 형제인가? 혈마, 혈마교주는?"

놈이 의식이 들자마자 내 안부부터 물었다. 일단 나는 길에서 벗어난 곳에 놈을 던졌다. 비록 염왕손과 폭살하라는 명령을 받은 놈으로 위장했다고 해도, 이것을 상냥하게 다루고 싶지 않았다.

"계획은 실패했소. 폭렬화화대법이라면 가능하다고 하지 않았소?"

내가 말했다. 그러자 놈이 나를 노려보다가, 갑자기 이상스럽게 웃었다.

"큭큭. 이런 지독한 살기라니……. 용 형제를 처음 만났을 때가 생각나는군. 당주께서 말씀하셨지. 대의를 이루기 전까지는 살기를 누르라고. 처자식을 잃은 게 어디 용 형제뿐인가? 당금의 천하에 가족을 아니 잃은 사람이 어디 있다고!"

놈이 확 일어섰다.

"상세히 고해. 어떻게 되었지?"

"본 당은 실패했소. 대법을 익힌 다른 동도들은 어디 있소? 그들과 합류해야겠소. 나는 몰라도, 부 당주는 알고 있을 거요."

나는 놈의 말대로 마음을 짓누르며 말했다.

"……보고부터 들어야겠다. 그 전에 말투가 심히 거슬리는군. 본 회의 위계가 엄정함을 잊지 말아라. 실패를 한 것뿐. 다시 계획하고 다시 시작할 것이다. 보고!"

놈이 눈을 부릅떴다. 하지만 나는 그런 놈을 무시하고 처음처럼 말했다.

놈에게는 이것도 과분했다.

"혈마교주는 대법으로 일어난 화기(火氣)를 다스리는 법을 알고 있었소. 혈마교주가 형제들의 대법을 모조리 그 몸으로 받는 것을 보고, 나는 부당주를 데리고 나온 것이오."

놈이 인상을 찌푸렸다. 곰곰이 생각하는 듯하더니 고개를 끄덕인다.

"혈마교주가 마음먹는다면 우리를 찾아내는 건 금방이다."

"모르는 바 아니오."

"그러니 둘 중에 하나. 우리를 일부러 살려 보내 줬던지, 아니면 형제들의 희생이 헛되지 않았던지. 용 형제는 끝까지 확인할 수 없었겠지?"

"그렇소."

"형제들의 희생이 헛되지 않았다고 믿고 싶으나. 혈마

교주가 어떤 자인가? 고왕금래(古往今來). 그러한 괴물이 있기나 했던가? 지옥에 있어야 할 마신이 하늘의 실수로 지상에 나타난 것이야. 용 형제가 실패했다고 느꼈다면 크게 다르지 않을 테지. 어쩌면 혈마교주가 지금 어디에서, 우리를 지켜보고 있는지도 모르겠군."

놈은 더 이상 내 어투에 대해 언급할 생각이 없어 보였다.

내 반응을 제 나름대로 해석하고 있는 것 같았다.

"그런데 여기는?"

"보면 모르시오? 소오태산으로 가는 길이오."

"왜?"

"거기에서 숨어 있다가 잠잠해지면 다시 시도할 것이오. 이번에는 부 당주의 명에 따르지 않을 거란 말이오."

"그게 무슨 말인지 모르고 하는 소리가 아니겠지? 그날 당주님께서 했던 말씀을 다시 들려주마. '대법은 본 회의 비기(秘技)다. 대법이 형제들에게 닿는 이상, 형제들의 몸과 마음은 본 회에 있다. 이는 생사여탈(生死與奪)을 내맡김이니, 이에 맹세할 수 있는 영웅만이 대법에 닿을 수 있음이다.'"

"나를 추살하기라도 하겠다는 것이오?"

"용 형제, 말씀이 과하군. 계획이 실패하여 크게 낙담

했다고 해도, 이렇게 세상 다 산 것처럼 굴어서는 아니 되지! 마음을 다스려라. 살기를 눌러라. 본 회의 형제들뿐만 아니라 천하의 모든 사람들이 용 형제와 같은 처지에 있다."

"부당주는 형제들이 어떻게 폭살(爆殺)하였는지, 그 두 눈으로 직접 봤었어야만 하오."

"혈마교주가 한 손가락으로 내 아들들의 목을 잘랐던 것보다 더할까? ……실언했군."

"그럼 다음 계획이 무엇이오? 그런 게 있기나 하오?"

"없다."

"그럴 줄 알았소."

"하지만 용 형제가 본 것을 본 회의 형제들에게 알려주어야 할 텐데. 혈마교주가 문제군. 우리를 지켜보고 있을 것 같단 말이지. 지금 어디에."

"혈마교주의 행적을 모르오? 혈마교주는 결코 살려두는 법이 없소. 나타날 것이라면 진작에 나타났소이다."

"대법의 가치를 아는 것일 테지. 본 회가 전세를 어떻게 역전시킬지 뻔히 보일 테니까. 혈마교주는 살아도, 그 아래 마교도들은 다 죽어 나갈 것이다. 그러니 진정하도록. 용 형제."

더는 못 할 노릇이었다.

"진정하래도?"

놈이 내 반응을 살피며 재차 말했다. 하지만 놈도 어쩐지 안심할 수 없었던지, 놈의 몸 안에서는 출수할 준비가 끝나 있었다.

"계획이 없다면, 만들어서도 들려주시오. 그래야 할 거요."

"……혈마교주는 마신(魔神)이다. 정말 우리를 일부러 살려둔 것인지 확인부터 해야 것이다."

"어떻게?"

"삼십 일이 좋겠군. 그때까지 기다려도 움직임이 없다면, 본 회와 합류한다. 그리고 용 형제는 다시 원하는 대로, 마교도들의 목숨을 가져가라."

"삼십 일 말이오?"

"천추의 한을 풀 수만 있다면 삼십 년이라도 못 기다릴까."

"답이 틀렸소. 나는 지금 당장 대법을 익힌 자들의 이름이 필요하오."

"용 형제……가 아니군."

"혈마교주의 분근착골을 당해낸 자는 지금껏 단 한 명도 없었소."

삼황 중 일인이었던 지황(地皇)조차 감당하지 못했다.

"하물며 너 같은 버러지가 그걸 견뎌낼 수 있을 것 같으냐."

몇 개의 이름이 나오긴 했다.

그러나 멸마복정회란 반교 단체에 가담해 있는 자들인 것은 맞아도, 대법과는 연이 닿지 않은 다른 당(黨)의 일원들이었다.

애초에 놈은 대법에 관해서라면 시전법 외에는 알고 있는 게 조금도 없었다.

나는 놈과 함께 잡아들인 것들 전부를 염왕손과 삼뇌자에게 인계하고서 침전으로 들어갔다.

흑천마검이 필요했다. 저쪽 세상으로 넘어가기 위해서가 아니라, 놈의 현존(現存)을 그 어느 때보다 절실하게 바랐다.

왜 그런 기분이 들었는지······. 다시 생각하고 싶지 않다.

궁으로 돌아온 이후부터였다.

모든 공력을 흑천마검의 파편을 이어붙이는 데 쏟아 부었다. 한 줌의 공력조차 남기지 않았는데, 그 많은 것들 중에 붙은 것이라고는 고작 세 조각뿐이었다.

나는 인간의 몸을 초월한 지 오래다. 그럼에도 불구하

고 땀이 비 오듯 떨어졌다.

하지만 다시 눈을 부릅뜨고 보니, 흑천마검의 파편 위로 번져 있어야 할 땀방울은 온데간데없이 사라지고 없었다.

그래. 땀이 날 리가 없지.

나는 스스로를 비웃으면서, 비어버린 단전과 함께 날아가 버린 활력을 되찾기 위해 중완의 할라를 돌렸다. 그러고 나서야 조금 나아지는 기분이 들었다.

그때쯤 염왕손이 왔다.

그가 문 바깥에서 여덟 글자 교언을 읊은 다음, 안으로 들어왔으나 실내에 가득한 열기 때문에 바로 입을 열지 못했다.

시간을 주자, 서문에서 폭렬화화대법으로 분신했던 자의 보고가 시작됐다.

"낙영검 진후패. 화산의 전대 장문인이었던, 자하검인 진앙의 네 번째 제자이자 정실 태생의 장남이라 하옵니다."

감옥령에서 돌아온 직후가 분명해서, 염왕손에게서 여러 사람의 피 냄새가 물씬 풍겼다.

"일전에 만안이 그랬지. 진앙의 늙은 제자들은 자하전에서 전부 죽었다고."

"무림에 모습을 보이지 않은 지 오래되어, 비슷한 외모의 늙은이를 오인했던 것 같사옵니다."

그럴 수 있겠지.

"수준은?"

"알려진 바 없사옵니다. 다만 심성이 포악하여 진앙의 눈길에서 벗어난 지 오래라, 화산의 정종(正宗)이 닿지 않았을 거라 사료되옵니다."

"어쨌든 여태껏 살아있었단 말이지."

이로 헤아릴 수 없는 많은 동방 무림인들을 제거한 것으로 생각되지만, 그것만으로는 이들의 명맥(命脈)이 끊이지 않았다.

멀리 볼 것 없이, 화산파와 곤륜파만 보아도 그렇다. 구파일방 중 가장 처참한 지경에 이른 곳이었고, 그래서 멸문(滅門)을 의심치 않았다.

설사 그것들의 본거지가 타격 당했을 때에 살아남았다 한들 사협에서 죽었어야 했고, 사협에서 살아남았다면 석가장에서 죽었어야 했으며, 거기에서도 또 살아남았다면 황성에서 죽었어야 했다.

그리고 또! 살아남았다면 분조의 궁에서 비명에 간 삼천 삼백 팔십 일인 중에 속해 있어야 했다.

그런데 곤륜과 화산의 잔당이 아직도 있어, 멸마복정회란 반교(反敎) 단체의 당주로 나타났다.

그러한 것들이 잡초처럼 앞길에 거슬리고, 바퀴벌레처럼 계속 기어 나온다.

기백 년, 혹은 천 년 가까이 명맥을 이어오면서 간직해 온 힘(底力)을 우습게보지 말라는 것인가. 끝이 없도다. 끝이 없어.

"대법이 잔당들의 수중으로 어떻게 들어간 것인지는, 소마와 삼뇌자가 기필코 알아내겠사옵니다. 하오니 교주님께서는……."

나는 고개를 저었다.

폭렬화화대법의 전설이 시작된 그 철고산에서 나온 것인지, 삼황이 우적에게 남기고 우적이 잔당들에게 쥐어준 것인지 따위는 조금도 중요하지 않다.

하필이면 지금 폭렬화화대법이 튀어나왔고, 그것이 무림 잔당들의 수중으로 들어갔다. 그 사실이 중요한 것이다.

자살 폭탄 조끼?

아서라. 폭렬화화대법은 고폭탄이다. 뿐만 아니라 공력이 강하면 강할수록 선천진기에 대한 이해도가 높으면 높을수록 그 위력이 대단해진다.

폭렬화화대법은 무림 잔당을 걸어 다니는 화마(火魔)로 만들 수 있다. 더욱이 대법을 시전하기 전까지는, 그것들을 식별할 수 있는 꺼리가 없다.

하나 다행인 사실은 멸마복정회의 활동이 도성과 인근에 국한되어 있었다는 것이다. 그래서 나는 직접 도성과 인근을 샅샅이 돌아, 공력을 품은 것들을 전부 잡아들였다.

그것들 중에 폭렬화화대법을 시전하려 했던 것이 없는 것을 보면…….

대법이 다수에게 퍼진 것은 아닌 모양인데, 그렇다고 안심할 수 있는 노릇은 또 아니었다.

멸마복정회, 폭렬화화대법은 중원에서 완전히 지워져야만 한다.

그것을 지금 놓친다면…….

쾅!

의식하지 않고 있었는데, 미간이 꿈틀거리고 있었다. 신경으로 지끈거리는 그곳을 짓누르고 싶었으나 염왕손이 보는 앞이었다.

나는 내색하지 않고 물었다.

"곤륜의 잔당은?"

"천명당주 말씀이시옵니까?"

"그래."

"더 나올게 없어 보입니다. 삼뇌자가 소마에게 말하길, 그것의 근맥을 전부 잘라 시전에 내걸고, 그 앞에서 눈을 훔치는 것들 또한 전부 잡아들이는 게 어떻겠냐 물었사옵니다."

나는 염왕손의 말을 들으면서, 과연 그 앞에서 눈을 훔칠 수 있는 사람이 도성에 남아있을지가 궁금했다.

부당주 놈의 혀로부터 시작된 이름들을 시작으로, 무던히도 많은 사람들이 잡혀 들어왔다. 또한 반교 단체에 가담하지 않았다 하더라도, 언제든지 가담할 수 있는 것 또한 잡아들였다.

또 그 치들을 숨겨둔 도성의 백성들과 '숨겨줄 가능성이 있는 자'들까지도 전부 잡아들이고 보니, 궁의 뇌옥만으로는 턱없이 부족했다.

그래서 십 리 정도 되는 크기의 감옥령을 따로 두었으며, 삼뇌자의 은퇴를 철회하여 그에게 반교 죄인들의 처우와 심문을 맡긴 것이다.

도성의 성문도 모조리 걸어 잠가, 누구도 나가지 못하게 했다.

"도성의 무림인 전부를 감옥령에 가두었다. 이제는 멸마복정회의 이름이 도성 바깥에서도 들려서는 아니 될 것이다. 알겠느냐?"

"존명(尊名). 전부 참살하겠사옵니다."

정녕, 천하의 모든 무림인들을 말살해야 끝이 나는 전쟁인 것인가.

그런데 전부를 참살하겠다고 말한 염왕손의 눈빛이 흔들렸다.

내가 그에게 그렇듯이, 그도 내 앞에서 진짜 속마음을 드러낼 수 없는 입장이다. 하지만 감추려고 해도 감출 없는 번뇌가 염왕손에게서 느껴졌다.

염왕손이 단단히 오해하는 게 있었다.

"무림인이 아닌 평민들까지 전부 제거하라는 것이 아니니라. 혈천하의 위대한 사명을 그렇게 더럽히면 되겠느냐."

나는 악(惡)일 뿐이지, 피에 미친 살인마가 아니다.

"하오시면?"

염왕손의 흔들리던 눈빛이 그제서야 정상으로 돌아왔다.

"평민들의 목숨은 그대로 두어라. 그네들에겐 혈천하의 위업이 미칠 것이다. 다만 반교의 무리와 관련된 깊이의 정도를 구분하여 처벌에 차등(差等)을 두어야겠지. 이는 삼뇌자가 잘하고 있다고 들었다. 마침 그와 나눌 말이 있으니……."

"삼뇌자를 대령하겠사옵니다."

"아니다. 감옥령을 이 눈으로 보고 싶구나. 앞장서거라."

제6장

신풍(新風)

목책을 친 사방 십여 리.

살 타는 냄새가 나는가하면, 채찍 소리가 들리고, 수많은 비명소리가 사정없이 끼어드는 이곳이 바로 삼뇌자가 만든 그 감옥령이다. 하룻밤 만에 만들어진 것치고는, 오래전부터 계획해 두었던 것처럼 부족함이 보이지 않았다.

다만, 직접 와 보니 보고로 접했던 것보다도 더 많은 사람들이 잡혀 들어온 것으로 보였다.

지금도 그렇듯이, 지난 밤중에도 계속 그 수가 불어나고 있었던 모양이다.

입구 쪽만 하여도 감옥령의 지옥도와 같은 광경에 오줌

지릴 듯이 벌벌 떨며 들어오는 것들이 꼬리에 꼬리를 물고 있었다.

"이쪽이옵니다."

염왕손이 나를 더 안쪽으로 안내했다.

반교 죄인들이 째진 목소리로 하늘에 닿을 듯이 비명을 질러대지만, 교도들의 분노는 이미 하늘을 꿰뚫고 있었다.

아니 그럴까.

전장도 아닌 곳에서 백여 명에 이르는 가족과 형제들이 한 번에 폭살되었다. 교도들은 손속에 사정을 두지 않고 있었고, 그래서 여기저기서 더 많은 이름들이 들리고 있었다.

삼뇌자는 반교 죄인들을 무림인과 비 무림인으로 일단 나누었다. 그리고 그 안에서도 출신 사문이나 가진 재산 그리고 사회적 입지와 가담의 정도에 따라 총 열두 부류로 나누었다.

본래 염왕손과 삼뇌자는 지난 몇 달여간 이것들을 일망타진하기 위해 많은 노력을 기울이고 있었으나, 내가 개입하면서 하루아침에 끝이 났다.

"네놈이! 네놈이 아버지와 어머니를 죽였어! 두고 봐! 두고 봐아아아!"

염왕손을 따라 가던 길에, 어떤 가옥의 창 안에서 발악하듯 외치는 어린 것이 있었다.

어느 무림 잔당의 어린 자제가 분명할 터. 무공을 익히기 시작한 지 얼마 되지 않은 어린 것이 눈빛만큼은 절정고수 못지않게 독하다.

이 어린것에게 나는 대악마로 보인다는 사실을 인정할 수밖에 없음이다.

그때 근처에 있던 교도들이 내게 목례를 한 다음에, 가옥 안으로 성큼성큼 들어가는 게 보였다. 그 어린 것이 죽을 만큼 맞을 게 분명해서, 교도들에게 본래의 자리를 지키게 하고서 계속 발걸음을 옮겼다. 그런 나를 쳐다보던 염왕손의 얼굴 위로 의외의 빛이 빠르게 스치고 지나갔다.

한 일가가 작게 살 만한 평범한 민가였다.

하지만 외관만 그러했고, 그 안에는 살림에 필요했을 가구나 집기들은 모두 치워져 없다. 대신 나도 처음 보는 온갖 고문 도구들이 여기저기 놓여져 있었다.

"전지전능하신 교주님께서 납시셨다."

염왕손의 외침이 터졌다.

삼뇌자는 그의 앞에서 벌어지고 있는 고문의 현장에 지시를 내리고 있었다.

삼뇌자와 무림 잔당을 고문하고 있던 교도는 피로 얼룩진 바닥이 얼마나 더러운지는 조금도 개의치 않고, 바로 부복하였다.

한편, 형틀에 묶여 있는 무림 잔당은 빈사(瀕死) 상태에 빠져 있었다. 그러나 정신만큼은 잃지 않고 있었으니, 잔당의 발밑에 피워진 초향(貂香) 때문으로 보였다.

"무영각(無影脚)이라는 자이옵니다."

일어선 삼뇌자가 무림 잔당을 쳐다보며 말했다.

어제 내가 잡아온 수가 워낙 많기에 일일이 다 기억할 수는 없지만, 이놈만큼은 아니었다.

"무영각이라면 들은 바 있군."

무영각 동개, 십절 중 일인이다.

삼뇌자가 대답하던 찰나, 쏜살같이 몸을 날린 염왕손이 놈의 복부에 철권을 꽂아 넣었다. 그리고는 확 꺾인 놈의 얼굴을 커다란 손으로 움켜쥐어 아무 말도 못 하게 만들었다. 놈이 퍼부으려고 했던 나를 향한 저주의 말들이 시작되기도 전에 그런 식으로 사그라졌다.

삼뇌자는 어쩐지 그쪽을 향해 끌끌거리며 웃었다.

"염 단주. 그만해도 충분하오."

삼뇌자가 염왕손에게 말한 다음, 나를 다른 방으로 안내했다.

"교주님. 소마가 드릴 말씀이 있사옵니다."

"하거라."

"교주님께서 전능하신 신위로 이곳, 북경으로 들어온 반교의 무리들을 일망타진하였사옵니다. 교주님의 존엄함이 혈마께 닿은 지 오래라는 것을 본교의 교도들뿐만 아니라 만천하가 아는 일이옵니다. 이제 혈마께서 마음먹으시면 반교의 무리가 백만이든 천만이든, 무엇이 문제겠사옵니까. 광명본교(光明本敎). 본교의 빛이 뻗치기만 하오면 되옵니다."

바로 어제만 하여도 강제로 은퇴당할 뻔했기에, 삼뇌자는 나를 대하는데 더 조심스러워져 있었다. 그러나 입술을 떼는 순간에 보였던 삼뇌자의 두 눈만큼은 당시보다 더 생기(生氣)가 돌고 있었다.

"교주님께서 교도들의 희생을 염려하시어, 언제나 일선에서 동방 무림인들을 대적하셨던 것을 하교들도 아옵니다. 해도 혈마이신 교주님께서 온 천하를 두루 돌아다니며 잔당들까지 엄벌하시기에는, 교주님의 지엄함이 심히 손상되옵니다. 교주님께서 교도들의 희생을 염려하시는 마음에 감읍하여, 소마의 생각을 말씀드리온데……."

"본론이 무엇이냐."

"교도들의 희생 없이, 잔당들을 척결할 수 있사옵니다."

삼뇌자가 계속 말했다.

"잔당들을 척결하는 것은 그들 잔당들에게 맡기시옵소서. 교주님께서 인가하신다면, 소마가 그 일을 지휘하여 성과를 보여 드리겠사옵니다."

"무영각."

나는 바깥에 묶여 있는 잔당의 별호를 말했다.

"맞사옵니다. 그놈으로부터 시작될 것이옵니다. 놈을 데려와라."

열린 문밖으로 교도가 잔당을 형틀에서 끌어내리는 광경이 보였다. 교도는 잔당을 질질 끌어서 우리 앞에 내려놓았다.

"소인…… 동개라 하옵니다. 전지전능하신 교…… 교주님을 뵈옵니다."

놈이 간신히 들었던 이마를 떨어트린 그대로, 바닥에 있는 힘껏 쿵 찧었다. 이마와 바닥이 닿은 접촉면에서 핏물이 조금이나마 번져 나온다.

"오기 전에, 염왕손에게 잔당들의 참살을 명하였었지."

내가 말하던 그 순간, 놈이 갑자기 살아난 듯한 동작으로 염왕손을 쳐다보았다. 삼뇌자도 같았다.

염왕손이 삼뇌자에게 고개를 짧게 끄덕였다. 삼뇌자는 가만히 있는데, 도리어 놈이 이마를 바닥에 쿵쿵 찧으며 애걸한다.

"이 미천한 소인의 목숨만 붙여주시옵소서. 시키는 대로 다 하겠사옵니다."

무영각 동개에 대해서는 십절이라는 것만 알고 있었지, 이렇게 소인배라는 사실은 들은 바 없었다.

놈은 회광반조가 의심될 만큼 정말 열심히 빌고 또 빌었다.

염왕손은 그런 놈이 역겹다는 기색을 드러내고 있는 반면에, 삼뇌자는 그저 그랬다.

아니 생각해 본 것은 아니다.

육체적인 고통으로 사선(死線)을 오가다 보면, 무너지는 것들이 나오기 마련이니까. 그것도 아니라면 일신의 안녕을 위해서, 제 가족을 위해서 등, 수많은 사정을 들어 투신할 것들이 적지는 않을 것이다.

대별성마 주의광만 해도 그랬다. 본시 창천검왕이라는 대단한 명성을 지녔던 그가 제자들의 구명을 위해, 무림의 지탄을 감당하였다.

하지만 이런 것들을 믿을 수 있을까. 물론 대별성마 주의광이야 지난 전쟁들에서 한때 무림 후배였던 것들을 무수히도 많이 베었다.

"염 단주."

삼뇌자가 염왕손을 불렀다.

염왕손은 심히 못마땅한 기색이면서도, 무영각 동개를 질질 끌고 나갔다.

살려달라는 소리가 점점 멀어진다.

그리고 삼뇌자와 나.

우리 둘만 남았다.

"소마가 지난 일 동안 시험해 본 일이 적지 않사옵니다. 그때마다 염왕손이 융통성……."

삼뇌자는 자신의 말실수를 금방 알아차리고는 황급히 말을 바꿨다.

"염왕손과 소마는 바라보는 길이 달라 다툰 적이 있었 사오나, 염왕손도 성과를 보고는 결국 납득하였사옵니다."

나는 오면서 봤던 한 광경이 떠올랐다. 본교의 교도가 아니면서도 칼을 차고 다니며, 교도와 같이 행세하고 있던 것들.

그것들은 전부 팔에 붉은색 띠를 두르고 있었다.

삼뇌자는 그걸 말하고 있었다. 그리고 이제 그 일을 보다 발전된 시스템으로, 구체적이며 광범위하게 시행하고 싶어 하는 것 같았다.

"이것들 중에 멸마복정회주가 있을 수 있으며, 폭렬화

화대법에 대해 아는 자가 있을 수 있다. 이는 어떻게 해결할 것이냐?"

삼뇌자는 곰곰이 생각하다 말했다. 그 사이에 조금 용기가 난 모양이다.

"대법을 익힌 자가 있었다면 벌써 대법을 시전했을 것이옵니다. 회주가 누구인지 또한 밝혀내겠사오나, 이는 중요치 않사옵니다. 정체를 숨기고 본교에 투신한들, 놈은 놈과 같은 잔당들을 죽이는 일만 해야 할 것이옵니다. 또한 앞으로 그렇게 숨어들 잔당들이 없을 수는 없사옵니다. 하니, 중요한 바는 그것들을 가리는 꾀보다는, 그것들을 다스리는 꾀라 할 수 있사옵니다. 소마에게 능히 그럴 수 있는 꾀가 있사오니, 맡겨주시옵소서."

"이토록 간절히 살리려는 것을 보니. 무영각, 그놈이 마음에 들었나 보구나. 십절의 이름이 필요한 것이냐?"

"아니옵니다. 그저…… 소마의 감이옵니다. 놈은 꽤 쓸만한 사냥개가 될 자질이 있사옵니다. 언제든 토사구팽(兎死狗烹)할 수 있사오니 염려치 마시옵소서. 혈마시여."

하지만 나는 단호하게 고개를 저었다.

"대법의 파괴력을 모르느냐. 큰 화근이 될 것들은 사전에 뿌리 뽑아야 하느니라."

삼뇌자는 차마 내 앞에서 아쉬운 기색을 드러낼 수 없

었다.

"허나 도성의 무림인들을 모두 참한, 이후부터는 네 재지(才智)를 크게 발휘하여도 좋다."

인가가 떨어졌다.

아쉬운 기색을 드러낼 수는 없었어도, 기쁜 기색은 그렇지 않다. 삼뇌자의 늙은 얼굴이 젊은 치 못지않은 활발한 얼굴로 바뀌는 순간이었다.

복언이 이제 없다. 설사 살아있었다 하더라도, 작금의 상황에서는 그녀도 결국 철혈(鐵血)의 정책으로 시작할 수밖에 없었을 것이다.

조화는 아직 시기상조다. 교도들의 안전을 위한다면.

*   *   *

손톱 크기로 작은 것부터, 손가락 크기로 큰 것들까지.

총 오백여 개.

하지만 개수가 아닌 전체의 크기로 계산해야 하니, 손톱 크기만큼을 1로 두면 전체의 크기를 600으로 가늠할 수 있다.

이에 모든 공력을 쏟아 부으면 10 만큼을 소생시킬 수 있어, 단순 계산만으로 60회의 작업이 필요하다.

그러나 단전을 가득 채우는 데 다시 이틀이 걸린다는 것을 감안하자면, 예상 소생 기일은 120일이다. 처음 기대를 걸고 있던 기간보다 두 배나 늘어난다는 계산이 나온다.

약 반년 후에서야 흑천마검의 소생을 완성시킬 수 있다.

허나 그 60여 회의 작업을 하면서 꾸준히 이틀간의 운기행공에 주력할 환경이 되지 않는다. 그것까지 계산에 두면 일 년.

석 달을 기대했지만 일 년이 되고 만다.

흑천마검을 소생시키자마자 돌아간다고 해도, 엘라의 세상은 벌써 일 년이 흐른 뒤다.

"너무 늦어……."

미간이 접혔다.

그 무렵, 하북의 학자들을 모아놨다는 보고가 들어왔다.

많은 이들이 모인 방치고는 약간의 숙덕거림만 있을 뿐이지 너무도 조용했다.

"포고문이 아니 붙은 곳이 없지요."

"큼큼. 헐마교가 천하를 통일한 시국을 외면할 수 없게 되었습니다."

"강남사성(江南四省) 또한 무너졌으니, 천하천현지(天下千賢紙:기미년 11월 24일. 호북, 하남, 호북, 호남의 주요 인사 천 명이 작성하여 혈마교에 바친 서신)를 전할 때와는 완전히 달라진 시국이라오. 세상이 바뀌었소."

"헌데 혈마교에 머리 쓰는 자가 없어서 우리를 부른 게 아닐 거외다."

문을 열자, 그 숙덕거림마저 멎어버렸다.

총 십칠 인이 모여 있었다.

삼십 명을 부른 것에 비하면 많지도 적지도 않은 수였다.

추리고 추려서 불렀던 삼십 명 모두는 하북에서 학명 높은 학자들이면서, 천하가 그렇게 난리인데도 죽림으로 숨어들지 않고, 그 큰집들에 남아 있던 자들이었다.

자리하지 않은 나머지 13명은 이미 재산을 모조리 몰수당하고 일가와 함께 감옥령으로 쫓겨났을 터였다. 이런 식이니 감옥령의 크기가 하루가 다르게 확장될 수밖에 없지.

나는 모두의 시선을 받아 입술을 열었다.

그들은 혈룡포나 혈마군의 무갑 대신, 평범한 서생의 복장을 한 나를 보고도 잔뜩 위축되어 있었다.

"선생들을 부른 장본인이, 나 위효자요. 혈마께 중임을 받아 선생들과 함께 천년 교국(敎國)의 초안을 논의코자 부른 것이오. 선생들을 감옥에 보내기 위해 부른 것이 아니니, 편히들 있으시오."

젊은 치도 있고 많이 늙은 자도 있다. 하지만 하나같이 현재 혈마교주가 들어와 있는 옛 황궁성에 들어올 때의 마음가짐은 다 같았을 것이다.

더군다나 도성에 또다시 불어 닥친 피바람을 그들이 모를 리가 없었다.

사화(士禍)니, 무화(武禍)니.

굵직굵직한 사건들에 이름 붙이기 좋아하던 것들은, 이번의 피바람을 복정무화(復正武禍)라 부른다고 하였다.

나는 궁인들에게 차를 가져오게 하고, 잔뜩 긴장하고 있는 학자들이 마음의 안정을 되찾을 시간을 가지게 하였다.

"나는 선생들의 고견(高見)을 듣고, 좋은 것이 있으면 상마께 간언할 사람이오. 그러니 좋은 의견들을 들려주시오. 선생들쯤이라면, 평소 생각해 본 바가 있을 것 아니오. 다만 주제는 상교하민(上敎下民)에서 벗어나시면 아니 되오."

논의의 시작을 알렸다.

＊　　　＊　　　＊

　"존교(尊敎)의 교도는 십만쯤 되나, 천하 만민은 그 천 배쯤 되네. 해서 천하인의 불만이 없도록 세심한 주의를 기울여야 한다는 뜻에서 발언한 것이었지, 달리 무슨 뜻이 있었겠나."

　이름은 허중, 자는 영명(永明).

　이 노학자는 천하인들을 다스리기 위한 방책으로 천하인들에게는 기존 고유의 정책을 유지하고, 본교는 본교 나름대로의 교법대로 하는 '이중지배체제'를 말하였다가 궁지에 몰려 있었다.

　그 이면으로 본교의 교도들을 여전히 일개 부족 따위로 깔보는 시선이 깃들어 있음을, 내가 눈치채지 못할 줄 알았나 보다.

　상교하민(上敎下民).

　본교 아래에 천하인을 둔다!

　분명히 주제를 알려주었는데, 대부분이 이런 식이었다.

　토론장에 칼을 들이고 싶지 않았지만 할 수 없었다. 염왕손을 불렀고, 내 손짓에 의해서 염왕손과 같이 들어온 대행혈마단원들이 학자들을 데리고 나갔다.

　"위 공! 위 공!"

끌려 나가는 학자들이 이 몸, 위효자를 불러댔다.

– 감옥령으로 보내면 되옵니까?

염왕손의 전음.

– 채비를 챙겨줘서 집으로 돌려보내거라.

십칠 인에서 구 인(九人)이 된 학자들이 이를 지켜보며 누구는 제 도포 자루를 움켜쥐고, 누구는 침을 삼켜 넘긴다.

장내의 분위기가 이보다 더 서늘해질 수는 없다고 생각 들만큼, 한 치의 소리도 없이 침묵만이 감돌기 시작했다.

내 움직임 하나하나에 학자들의 시선이 반응하고 있었다.

그들은 지금껏 한마디도 열지 않은 자들이었다.

본교도 두렵지만, 역사 또한 두려워하고 있는 것 같다.

역사에 길이 남을 오명(汚名)을 뒤집어쓸 거라 생각하는 모양인데, 본교 이후로 왕조가 바뀌는 일은 결단코 없을 것이다.

"선생들께만 말하는 것인데, 본교에서는 빈민들을 구휼(救恤)함에 있어 아낌이 없을 것이오. 교국 안에서 병사는 치안을 유지할 정도면 족하니, 국방에 쏟을 자금을 모두 빈민들을 구휼하는데 편성하겠다는 것이 본교의 뜻이라오."

나는 이들에게 변명할 수 있는 명분을 쥐어줬다.

"헌데 빈민 구휼책(救恤策)과 같은 소일은 교국의 초안과 같은 대일이 잡힌 이후에야 논할 수 있는 것이 아니겠소. 교국의 초안을 잡아야 선생들께서 빈민들을 구휼하는 데 일조할 수 있소."

그러니까 선생들은 빈민들을 구휼하기 위해 어쩔 수 없이 본교에 협력하는 것이다.

그런 뜻이었다.

하나 더 던졌다.

"선생들은 학명을 떨친 바 있고, 입신하기도 하였소. 하지만 선생들의 후학(後學)과 자제들은 어떨 것 같소?"

비로소 학자들은 내가 아닌, 서로의 눈치를 살피기 시작했다.

여기에서 내가 할 일은 끝났다.

"내가 부담스러우면 나가주겠소. 그러니 자. 상교하민의 원칙 아래, 본교의 교도들과 천하인들 간의 위계질서를 분명히 할 수 있는 관제(官制)와 법제(法制)가 무엇인지, 교국의 초안을 잡아 보도록 하시오. 또한 상마들께 제출할 수 있도록 구체적으로 써놓아야 할 것이오."

마지막이다.

"인원이 부족하다면 얼마든지 보충할 수 있소. 필요한

자의 이름을 적어 바깥에 있는 분께 전해 주시오. 하면 늪지대에 숨었든, 산속에 숨었든, 천하 어디에 있든지 간에 볼 수 있을 것이외다."

학자들에게 어떤 특별한 것을 바라는 게 아니다.

현 정세에서는 가족들의 세상, 그 세상의 중세에 있었던 옛 원나라와 비슷한 구조가 나올 수밖에 없을 테니 말이다.

물론 당시의 몽골인은 백만 명쯤으로 추산할 수 있는 반면에, 본교의 교도는 십시에 남아 있는 노약자들까지 합치고 나서야 이십만 명쯤 된다는 것이 다르기는 하여도.

소수의 지배계층이 중원의 한족들을 다스린다는 점에서 일맥상통하다.

그러니까 중원의 학자들은 새 나라의 모양을 내가 생각하는 방향대로 그럴싸하게 갖춰주기만 하면 된다. 중요한 것은 그런 관제와 법제 따위가 아니라, 교도들이 천하 곳곳으로 파견되었을 때, 그들의 안전을 어떻게 보장하냐는 것이다.

그래서 대뇌단 전체가 그 일에 몰두하고 있었다.

"전지전능하신 교주님을 뵈옵니다."

삼뇌자와 상청을 시작으로, 대뇌단 전체가 하던 일을 멈추고 내게 교례를 갖추었다.

　허공에는 먹의 향기가 자욱했으며, 바닥에는 전세지문으로부터 끊임없이 들어오는 자료들이 산더미처럼 쌓여있었다.

　전세지문에서 온 그것들 말고, 대뇌단에 의해 어느 정도 가닥 잡힌 내용들은 따로 보관되어 있었다.

　나는 모두에게 하던 일을 계속하게 하고 한쪽에 자리를 잡았다.

　대뇌단이 완성하고 있는 방안은 삼뇌자가 지금껏 해오던 일의 연장선이었다.

　그들은 무림 잔당들로 이루어진 본교 산하의 새로운 조직을 만들고 있었다.

　그런데 본교의 팔단(八團)이 마와 귀로 나뉘어, 마는 양지에서 활약하고 귀는 음지에서 활약하는 데에서 착안하였는지, 새로운 조직 또한 적천당(赤釧黨)과 무천당(無釧黨)이라는 이름으로 둘로 나누었으며, 지금은 그 두 곳의 산하 조직들을 세분화하는 작업을 하고 있었다.

　쉽게 말해 적천당은 앞잡이, 무천당은 정체 감춘 첩자라 할 수 있다.

　그것들의 역할은 명확하다. 적천당은 본교의 교도들에

게 집중될 수 있는 화를 분산시키고, 무천당은 잔당들 내부에 불신을 만든다.

한편, 교도들의 안전에 대한 계획은 완성되어 있었다.

사파.

대대로 사파무림은 구파일방과 무림맹의 등쌀에 못 이겨, 천하 서부(西部)에 집중되어 있었다. 어차피 가만두어 봤자 호가호위밖에 하지 않을 것이니 그들을 중앙으로 진출시키되 통제하에 놓는다.

그러니 설사 폭렬화화대법이 다시 나타난다 할지라도, 본교의 교도에게 닿기 위해선 세 겹의 호위망을 뚫어야 할 것이다.

"첫 번째로 관병을 뚫고, 두 번째로 적천당을 뚫고, 마지막으로 사파동도를 뚫어야 할 것이옵니다."

교도가 설명을 마쳤다.

"하옵고 적천당 중에 반도가 있을 것에 대비한 것이 무천당이옵니다."

그러니까, 반도들은 일단 내부부터 뚫고 나와야 한다. 누가 첩자이고 누가 진짜 동료인지 모를 불신의 세상 안에서 말이다.

그로부터 한 달하고도 보름 후.

바야흐로 경신년 4월 1일.

꽃망울이 핏물처럼 터지는 봄에 혈마 원년(元年)이 강남의 태극궁에서부터 시작되었다.

*　　　*　　　*

본교의 정통적인 교리에 이율배반적이지만, 나는 더욱 분명한 계급 사회를 주문했다.

피라미드의 정점에 본교의 교도들이 있고, 그 아래에 삼살삼사를 필두로 한 사파인들과 그간 서역과의 교역을 도맡아온 교지 안의 몇 개 민족, 그리고 그 아래에 천하인이 있으며 제일 밑바닥에는 동방 무림 잔당들이 깔린다.

동방 무림 잔당들 같은 경우에는 율령에서부터 완전한 천민(賤民)으로 적시하여 노예로 대우하니, 당연지사 그것들에 한해서 매매가 가능한 세상이 되었다.

관직에서도 그렇다.

중간급 이상부터 고관까지의 높은 관직은 모두 본교의 교도들에 한해서였다.

천하인들에게는 중대사에 있어서 정치 참여의 기회를 주지 않았다.

다만, 지방의 하급 행정관까지 본교의 교도들이 전부

도맡아하기에는 인적으로 충분치 않았다. 그래서 사파인들과 교지 안의 민족들 그리고 옛 연조의 사대부가 자제들에 한하여 지방의 하급 행정관인 서리로는 입관(入官)을 할 수 있게끔 조치해 놓았고, 그들이 계속해서 충원되고 있는 상황이었다.

물론.

내가 그려왔던 이상향의 세상은 결코 아니었다.

하지만 본교의 교도들이 교리와 상충되는 이 나라에 큰 불만을 갖지만 않는다면, 이러한 정국을 유지해 나갈 필요가 있다고 생각했다.

다행스럽게도 교도들은 불만이나 의심을 품는 것 같지 않았다.

그네들에게도 천하를 휩쓰는 전란의 나날이었다. 또한 무림잔당들이 아직까지도 활개치고 있는 상황이었기 때문에, 이곳 중원은 '본교의 다스림을 받아야만 하는 곳' 으로 변한 모양이었다.

그 무렵, 중하급 인사들의 입장이 슬슬 끝나가고 있었다.

주요 인사들이 입장을 시작했다.

"광명성 천하십칠원(天下十七督)의 호교법위 각 원령 이하 동원부(同員府) 동(同) 호교법사 일극파부, 적옥장부, 백골문부, 혈악부, 혈자문부, 청룡마문부의 각 부주 납시오!"

"혈천성상(血天省相) 호교법군 흑야풍 이하 동성(同省) 동(同) 호교법승 염왕손, 풍마쌍부, 참혼비수, 귀령비검, 하천마수, 무영사, 마영도, 천요수라, 독응, 대별성마 납시오!"

"광명성상(光明省相) 호교법군 산화혈녀 이하 동성 동 호교법승 삼뇌자, 상청, 천수포인, 만안, 냉상아, 좌조천리, 의마, 학필, 지흥 납시오!"

이제 두 대왕의 차례다.

"혈천성령(血天省令) 호교대왕 흑웅혈마, 광명성령(光明省令) 호교대왕 색목도왕 납시오."

목소리가 날 때마다, 기운들이 운집되더니 이제는 제법 웅장한 기운이 대전 안쪽으로까지 흘러넘친다.

"전부 모였사옵니다."

마지막으로 내 차례였다. 내가 하던 생각들을 멈추고 자리에서 일어나는 시점에서, 궁인들이 바깥으로 통하는 대전 문을 열었다.

시야 안의 모든 만인(萬人)이 반석 위에 엎드리고 있었다.

걸어 나가며 느낀 감상은 본격적으로 개국(開國)을 선포하고 온갖 율령을 반포하기에 딱 좋은 날씨라는 것이었다.

광활한 하늘 아래로 뻗치는 빛이 내 몸으로 부딪치던 바로 그때, 천하 곳곳을 호령할 강인한 목소리들 또한 즉각 솟구쳐 나왔다.

"전지전능 교주이시자 위대하신 혈마를 뵈옵니다!"

제7장

품 안으로

　혈산은 본교의 성지이자 정치적인 기능을 도맡아 온 곳이다.

　하지만 본교의 거마 모두가 이곳 강남의 태극궁 인근에 머물면서 중앙 정치에 참여하기 시작했다. 즉, 혈산은 정치적인 기능을 잃었다.

　이에 혈산을 따로 관리해야 하는 기관을 만들어야 했고, 그게 혈산원(血山督)이다.

　혈산원은 지방행정기관인 것은 맞지만 본교의 성지이자 태생 근간이므로, 수많은 기관들 중에서 유일하게 이성(二省:혈천성과 광명성)의 산하로 들어가지 않고 교주의 직속으로 배정하였다.

그 일은 없어야겠지만, 또 없을 것이지만.

우리에게는 피치 못할 때에 돌아갈 수 있는 고향이 있어야만 했다.

마음 같아선 흑웅혈마와 색목도왕 중 한 명에게 혈산원을 맡기고 싶지만, 그 둘에게 천하의 군정과 행정을 맡기지 않는다면 누구에게 맡길까.

하여 결국 내가 직접 혈산으로 들어가기로 결단을 내렸다.

흑천마검을 소생시키는 데 주력할 장소가 필요하기도 했으며, 지금까지 희생된 혈마군의 가족들 또한 교주인 내가 직접 위로해 주고 싶었다.

뿐만 아니라 본교의 통치가 뿌리내리길 시작했다고 하였는데, 이 또한 내 두 눈으로 직접 확인해야 할 필요가 있었다.

마침 강남 태극궁부터 혈산까지는 천하를 가로지르는 길이었다.

나는 두 달여 간 더 궁에 머물면서 공무(公務)와 흑천마검의 소생작업을 겸하다가 길을 떠났다.

＊　　＊　　＊

"빨리 되고 싼 걸로 아무거나! 물!"

당장 내 탁자만 보아도, 다른 손님들의 인상을 찌푸리며 마시는 것만 보아도, 다들 일부러 데운 듯한 달궈진 물뿐이었다.

하지만 점소이가 적천(赤釧:붉은색 팔찌)을 찬 무인에게 바친 잔에는 차가운 물방울부터가 송글송글 맺혀있었다. 바로 이런 순간을 위해 준비해 둔 것 같았다.

무인과 같은 치들은 처음 하북성 북경에서는 어깨에 붉은색 천을 둘렀지만, 법제를 세울 때 손목에 팔찌를 착용하기로 통일하였다.

적천을 찬 무인은 두 부류다.

본교에 투신한 무림 잔당과 본교의 잡일을 보고 있는 사파인.

요 근래 적천을 찬 이들을 많이 보건데, 분위기만으로는 투신한 무림 잔당인지 사파인인지 구분할 수 없다. 투신한 무림 잔당들 중 많은 것들이 진짜 사파인보다 더 사파인 같은 냄새를 풍기니까.

이자 또한 그랬다. 도가정종(道家正宗)으로부터 파생되었을 기운을 품고 있지만, 눈빛만큼은 기운의 청명함과는 궤를 달리했다.

그의 성품과 생각이 더 강해 기운을 꿰뚫고 나오고 있었다.

그때 객잔 안의 손님들은 적천당 무인과 시선이 마주칠까봐 식사에만 집중하고 있었다.

나는 다시 처음의 대상으로 관심을 옮겼다. 하지만 내가 관심을 주고 있던 그 위장 부부 또한, 적천당 무인의 등장과 함께 간간이 하던 대화를 멈춰 버렸다.

이윽고 적천당 무인이 주문했던 음식이 나왔다.

무인은 '빨리 되고 저렴한 걸로 아무거나'를 주문하였지만 시간이 약간 걸렸고, 나온 음식도 큰 닭을 통째로 삶은 것들이 메인에 여러 가지 탕과 야채 볶은 것들이 한상 가득 나왔다.

무인은 그가 대동하고 있는 관병들과 함께 닭다리를 뜯다가, 조용히 계단을 내려가려던 위장 부부를 불러 세웠다.

"대인께서 부르신다."

관병들도 자리에서 일어나 위장 부부의 퇴로를 막아섰다.

태극궁과 도성 일대에서는 새로운 관복의 통일화가 완성되어 있었으나 이쪽까지는 아니다. 옛 연조의 상징만 떼어냈을 뿐인, 여전히 그때의 그 관복들을 입고 있다.

세수(稅收)를 확보하는 건 둘째 치고, 시간이 문제였다.

"처음 보는데? 그쪽 같은 여인이라면 내가 보고도 잊을 리가 없지."

무인의 말에 관병들이 먼저 반응했다. 창을 움켜쥐는 관병들의 주먹에 힘이 들어갔다.

그러나 여인은 태연한 얼굴 그대로, 반응이 없었다.

"당연하지요. 남창에서 왔습니다."

여인이 미소를 머금으며 대답했다.

"음. 전지전능하신 혈마의 홍복이 바로 미쳤으니, 과연 세련(洗練)될 수밖에."

그러나 줄곧, 무인의 시선은 여인이 아닌 여인과 함께 있는 사내에게 걸려 있었다.

사내는 무림 잔당이다. 검을 지니고 있는 것은 아니었지만, 적천당 무인은 사내에게서 '과거의 그'와 같았던 냄새를 맡았던 것 같았다.

적천당 무인이 탁자에 기대 세워놓았던 도집을 확 낚아채더니, 사내의 얼굴을 가리켰다. 정확히는 사내의 불룩 솟았을 태양혈을 감추고 있는 두건으로 향했다.

"벗어."

그 순간 사내는 일말의 망설임도 없었다.

화악!

탁자를 걷어차 무인의 시야를 잠깐 막고, 여인의 손목을 잡아끌어 이 층 밖으로 뛰어내렸다.

적천당 무인도 만만한 치는 아니었다. 식탁이 제 얼굴로 날아오는 순간에 그것의 방향을 바깥으로 뛰어내린 여인을 향해 돌려버렸다.

그게 여인의 착지가 불안정했던 이유 중 하나였다. 다른 하나는 여인이 품에 보물처럼 안고 있는 갓난아기 때문이고.

제 몸은 본인이 잘 아는 법. 여인이 사내에게 갓난아기를 넘겼다.

"가세요."

그리고는 원형의 금붙이가 달린 목걸이를 갓난아기의 모포 안에 집어넣었다.

사내의 눈썹이 꿈틀거렸다.

"만일을 위해서입니다. 빨리 가세요. 잡히시지만 않으면, 저는 괜찮을 겁니다. 어서요!"

알겠소. 부디 평탄하길.

사내가 그런 눈빛을 보낸 후, 비상한 경신술로 건너편 골목 안으로 몸을 던졌다. 반면에 여인은 마찬가지로 뛰어내린 적천당 무인을 가로막았다.

여인이 무인의 대도가 비스듬히 치켜 올라가기 무섭게

소리쳤다.

"구혈공공!"

남녀노소를 구분할 것 같지 않았던 무인의 대도가 정확히 여인의 목 앞에서 동작을 멈췄다.

"하북원 호교법사 백골문의 장문인과 친분이 있습니다."

여인은 정말로 친분이 있는지, 겁을 먹지 않았다.

하지만 적천당 무인의 판단은 빠르고 적절했다.

"악!"

무인이 도자루 끝으로 여인의 관자놀이를 찍은 다음 사내가 사라진 골목 안으로 몸을 던졌다. 사내의 경신술이 비상했다고는 하나, 무인의 돌파하는 힘으로 볼 때 곧 따라잡을 수 있을 것이다.

시끌벅적하게 계단을 뛰어내려온 관병들이 여인을 연행하는 것을 마지막으로, 나는 몇 개의 민가 지역들을 넘어 갔다.

적천당 무인과 사내가 그곳에서 겨루고 있었다.

사내는 갓난아기를 안고 있으면서도 잘 싸웠다. 적천당 무인은 그게 더 분한 모양이었다. 사내를 향해 휘두르는 대도에 힘이 점점 더 들어갔다.

그때마다 갓난아기마저 동강 낼 정광(晶光)이 번뜩여 댔지만, 사내는 이리저리 미꾸라지처럼 잘 피하며 도망칠

길을 확인하는 여유까지 보였다.

"그러한 무공을 지녔으면서도 마인들의 주구(走狗) 노릇이나 하는 것이냐. 아니지. 너는 개만도 못한 파렴치한이다."

판단이 선 것 같다. 사내가 적천당 무인을 자극하기 시작했다.

그러나 무인의 냉랭한 얼굴은 조금의 변화도 없었다.

이리저리 더 둘러보던 사내는 골목 어귀에서 나타난 나를 드디어 발견했다.

사내가 머리를 터트릴 듯이 휘둘러진 대도를 한 치 차이로 피하며 내게 외쳤다.

"날 좀 도와주시오!"

그러는 내게 날아오는 것이 있었으니, 사내가 던진 아기였다.

갓난아기라니.

생각도 못 해 본 것이 내 품 안으로 들어왔다.

아기는 보이는 것보다 더 가벼웠으며 더 연약했다. 살짝만 힘을 주어도 숨통이 막힐까 봐, 나는 정말로 당혹스러웠다.

특히나 아기가 자지러지게 울기 시작했는데, 그러다 숨

넘어가는 게 아닐까 걱정이 들 정도였다. 십이양공의 열기로 아이를 보듬었다. 그럼에도 불구하고 울음을 그치지 않아 어느새 눈가와 콧잔등이 벌게져 버린 지 오래였다.

십이양공의 열기로도 다스릴 수 없다니.

별것도 아닌 것 같게 보이지만, 내게는 꽤 충격적인 사실이었다.

울지 말아라, 울지 말아라, 그런 의념을 꾸준히 밀어 넣었어도 아기는 의념을 받아들일 만큼의 인지가 완성되지 않은 모양이었다.

걱정이 드는 한편, 보면 볼수록 신기하기도 하다. 이렇게 작고 연약한 것이 생명을 갖추고 존재하는, 그 단 하나의 이유만으로 그러했다.

적지 않은 세월을 살아왔다고 생각하는데, 돌이켜 보니 지금껏 갓난아기를 안아 본 적이 단 한 번도 없었다.

갓난아기하면 생각나는 가장 최근의 기억은 북경에서 반교 단체에 의해 몰살당한 어느 일가에서였다. 당시의 아기는 숨이 끊긴 상태였지만…….

내 품에 안겨 있는 아기는 조그마한 입술을 열고 코를 실룩거리며, 왕성하게 울고 있었다.

아기의 울음을 그치게 하기 위해 할 수 있는 방법이 더는 남아 있지 않았다.

오죽하였으면 요람을 태운 듯이 흔들어 주기도 했으니까.

"울음을 그치지 않는다."

하지만 대답이 들려오지 않았다.

놈과 적천당 무인은 사투를 벌이고 있는 중이었다. 놈이 아기를 내게 맡긴 이후로, 전세가 놈 쪽으로 크게 기울어져 있었다.

적천당 무인의 몸에 몇 개의 스친 검흔이 자리한 반면, 놈은 처음처럼 깨끗했다. 놈과 무인의 도검이 다섯 번 더 휘둘러졌을 무렵, 갑자기 아기의 울음소리가 들리지 않았다.

숨은 정상이다. 선천진기도 이상이 없다. 그런데 아기는 정말로 숨이 넘어간 듯이 조용했다. 나조차도 원인 모를 어떤 이유에 의해서, 아기에게 이상이 생겨버린 것이었다.

"아기가 이상하다."

놈은 내 말을 귓등으로도 듣지 않았다.

이쪽을 쳐다볼 충분한 여유가 있었음에도 불구하고, 상처를 입힌 이후로 더 과격해진 늑대를 어떻게 잡을까 에만 몰두하고 있었다.

내가 싸움을 끝내려던 찰나, 위중한 상태의 아기를 무

시한 놈의 일격이 성공적으로 들어갔다. 적천당 무인의 대도가 튕겨나가는 동시에, 그의 오른손목에서 피가 솟구쳐 올랐다.

놈의 검이 적천당 무인의 동맥을 건든 것이다.

그 순간, 놈이 마지막 순간까지 짓누르고 있던 살기가 드러났다.

이 싸움의 마지막, 상대의 죽음을 본 거다.

적천당 무인이 피를 사방에 뿌리는 그대로 건너편 지붕으로 튀어 올랐고, 놈도 바로 뒤쫓아 올라 그 등 뒤에 살검(殺劍)을 찔러 넣으려 했다.

파앙!

"아기가 이상하다 하지 않았느냐."

그때 놈의 검 또한 직전의 무인의 대도처럼, 주인의 손에서 튕겨 나갔다.

그제야 놈은 기운이 날아온 방향으로 시선을 돌렸다.

나는 놈에게 아기를 턱짓해 보였다. 놈은 금세 더 도망가버린 적천당 무인과 나를 번갈아 쳐다보다가, 내 쪽으로 몸을 틀었다.

낙하산을 단 듯이 천천히 내려오는 놈의 동작이 나를 더 답답하게 만들었다. 아기만 아니었으면 이 무림 잔당은 오늘 명줄을 다했을 것이다.

내게 포권하며 뭐라 말하려던 놈에게 아기부터 안겨주
었다.

그때 정말 다행스럽게도, 아기의 울음소리가 다시 터졌
다. 그제야 나는 아기가 한순간 이상해졌던 것은 더 자지
러지게 울기 위한 일환(一環)이었다는 사실을 깨달았다.

난감하기는 놈도 마찬가지였다.

아기가 내 품에 있을 때보다 더 크게 울기 시작했다.

"마교의 개들이 들이닥칠 거요. 자리부터 피합시다."

그러면서 놈은 아기의 입을 손으로 덮었다. 하지만 성
인의 큰 손인지라, 아기의 입뿐만 아니라 다른 숨구멍인
코까지 그 안으로 들어가 버렸다.

놈도 아기를 돌봐 본 적이 없다.

내가 얼굴을 일그러트리자, 제 실수를 깨달은 놈이 아
기의 얼굴에서 황급히 손을 뗐다. 또다시 아기의 울음소
리가 터진다.

아기의 울음소리는 사람의 관심을 끄는 특유의 능력이
있을 뿐만 아니라 크기도 고성(高聲)인지라, 어지간한 경
종을 웃도는 것 같았다.

놈은 낭패가 깃든 얼굴을 보이며 아기를 다시 내게 내
밀었다.

물론 나는 살짝만 건드려도 깨져버릴 그 조그마한 생명

체를 받지 않았다.

하지만 아기의 변덕은 이해할 수 없는 것이었다. 내 품에 있을 때에 그렇게나 울어대던 것이, 제 볼이 내 가슴에 닿고 또 나와 눈이 마주치자, 울음을 그쳐버리는 것이 아닌가.

하지만 놈이 안심하고 다시 아기를 끌어당겼을 때에 울음이 또 터졌다.

그렇게 아기는 내 품에 강제로 안겨졌다.

"사천당가의 여식이 관아에서 나올 거요. 이름은 수련. 마교의 개들은 내가 유인할 터이니, 영웅께서는 그녀를 찾으시오."

'영웅만이 유일한 희망이오. 부탁하오.' 따위의 말은 없었지만 놈의 눈빛이나 말하는 가락부터가 진실로 간절했다.

놈이 내 대답도 듣지 않고 몸을 틀었다. 그런 놈의 목 뒤에 내 몸에서 뻗쳐진 미약한 기운이 부딪쳤다. 놈이 몸이 앞으로 기울었다. 그러면서 놈이 간신히 고개를 틀어 나를 확인하는데, 본인이 큰 실수를 저지르고 말았다는 사실을 깨달은 얼굴이었다.

동맥이 잘려서 도망친 놈 대신 적천을 찬 무인들이 관

병보다 먼저 도착했다. 누구는 지붕 위에서 나를 감시하듯 서 있고, 또 누구들은 앞과 뒤의 골목에 우뚝 서서 퇴로를 막았다.

그때도 다행인 것이 아기는 우는 데 지쳐, 겨우 잠에 들어 있었다.

앞과 뒤를 막고 있던 무인들이 거리를 좁히며 천천히 다가왔다.

그들은 눈앞에 펼쳐진 광경, 아기를 안고 있는 나와 내 앞에서 쓰러져 있는 잔당 놈을 보며 상황을 파악하고 있는 중으로 보였다.

정통 사파인이자, 내 정면 쪽에서 다가오는 자의 입술이 열린다.

"정체가⋯⋯!"

녀석이 큰 소리를 터트리려 하기에, 나는 녀석의 말문부터 막았다.

녀석의 입이 뻐금거렸다. 나와야 할 소리가 나오지 않고 나서야, 제 아혈이 쥐도 새도 모르는 사이에 점혈되었다는 사실을 알아차렸다.

놈이 말소리 대신 내 어깨 넘어와 지붕 위쪽의 적천당 무인들에게 수신호를 보냈다. 그렇게 전부가 뛰어들려던 찰나, 내가 한 말이 그들의 동작을 바로 멈춰버렸다.

"나는 본교(本校)의 교도다. 조용히들 하거라."

아기 깰라.

*　　　*　　　*

" '위대하신 혈마' 의 교도를 뵈옵니다."

아혈 풀린 녀석이 눈치껏 소리를 죽였다. 다만 혈마교
도에게 극존(極尊)하는 것이 여태껏 익숙지 않은 낌새였
다. 그건 다른 녀석들도 마찬가지다.

줄곧 본교가 사파무림의 일월(日月)과 같은 위치였으나,
그것만으로는 본교의 모든 교도에게 무조건 극존해야 하
는 이유가 되지는 않았다.

하지만 천하의 법칙이 단 일 년 만에 바뀌었다. 본교는
무림의 일개 방파가 아니라 새로운 나라의 설립 주체가
되었고, 본교의 교도들은 그 새로운 나라에서의 신분 계
급이 정점에 있었다.

본교의 교도가 아닌 이들은 전부 신분이 아래다.

이 녀석들은 서역으로 터전을 옮길 것이 아니라면 새로
운 나라의 법칙에 빨리 익숙해져야 할 것이다.

"그래도 말씀만으로는…… 지니신 패(牌)가 있사옵니
까?"

"아직 받지 못하였다."

"그럼…… 곤란합니다만. 관아로 같이 가 주시겠사옵니까?"

"거기에는 누가 있지?"

나는 품 안의 아기를 의식하며 조용한 어조로 일관했다.

"음……."

녀석이 곤란한 듯 말을 잘 잇지 못하였다. 이를 보다 못한 또 다른 녀석이 처음 녀석보다 단호한 어투로 내게 물었다.

"어디에서 오시는 겁니까?"

"강남 성궁에서 오는 길이다."

분조의 황궁으로 쓰였던 태극궁은 본교의 건축 양식에 맞춰 새로 지을 대전이 완성될 때까지, 명칭을 성궁(聖宮)으로만 개명하여 쓰고 있었다.

녀석은 내가 중앙 정치에 가담하고 있는 신분이라는 것을 듣고는 더욱 신중해졌다.

"관아에는 호교법찰(護敎法察)이신 일사노옹 아래로 열일곱 분의 교도 분들이 더 계시옵니다. 법찰사님들은 외추객, 구만적검, 패벽사괴……."

녀석이 법찰사 열일곱의 이름을 주절주절 읊었다.

일사노옹 외 열일곱은 모두 처음 듣는 이름이지만, 그

들 모두 나와 함께 이 전쟁을 끝난 본교의 교도들이다.

나는 새로운 이름을 뇌리에 담으며 뇌까렸다.

"그들이라면 내 신분을 증명해 줄 것이다."

"옛. 모시겠습니다."

녀석이 아기를 안아 들려고 했다. 아기의 순수한 얼굴에 비해 녀석의 손은 무척이나 거칠고 흉악했다.

"내가 안고 가지."

무공을 익히지 않은 관병들은 꽤 늦게 도착했다.

관병들이 잔당 놈을 연행하고, 나는 적천 찬 무인들의 안내를 받으며 골목 밖으로 나왔다.

그러면서 이 녀석들이 상부의 지침대로 잘하고 있는지 확인했다. 그게 지금의 신분을 본교의 교도로 밝힌 까닭이었다.

적천은 본교의 명령을 받든다는 상징인 것이지, 적천을 찼다고 모두 적천당이 아니다.

적천당 소속은 오로지 한때 정파 무림의 잔당이었다가 본교에 투신한 것들이고, 정통 사파인들은 광명성 산하의 동원부(同員府)로 들어간다.

또 동원부는 이청육부(二廳六府)로 조직되어 있으며, 육부(六府:일극파부, 적옥장부, 백골문부, 혈악부, 혈자문부, 청룡마문부)는 본교의 교도들로 구성된 두 개 조직(二廳)의 명령과 감사를 받는다.

이에 동원부의 가장 큰 존재 이유는 교도들의 안전으로, 최우선 강령은 본교의 교도들을 호위하는 데 있었다.

그런 목적이 아니라면 사파인들을 중원으로 진출시킬 이유도 필요도 없었다.

"너희들은 어디 소속인가?"

나는 본인을 병리사(兵吏士) 양문위라고 밝힌 녀석에게 물었다.

"제 이십오호입니다."

"상부는?"

"백골문부 통산대입니다."

그러니까 이들의 관등명(官等名)을 정식으로 풀자면 '광명성 호북원 백골문부 통산대 제 이십오호 소속의 병리사'인 것이다.

양문위와 그의 동료들은 존재 이유대로 행동하여 나를 기분 좋게 만들었다.

내가 본교의 교도라고 밝힌 시점에서 관병들에게 경로를 알려주고 몇 가지 지시사항을 신신당부했다. 또한 그들 전부가 내 곁에 바짝 있는 것이 아니라, 3과 7로 나누어져서 3은 내 곁에 7은 백 보 이상의 거리에서 경계 태세를 유지하며 따라왔다.

관아까지 가는 길도 가급적 비우도록 노력했던 흔적이 다분했다.

피치 못한 경우, 예컨대 시전(市典)을 통과할 경우에는 상인들과 주민들을 길에서 벗어난 곳에 넙죽 엎드리게 해 놓았다. 또한 인파가 몰려있는 그곳에 관병들이 적절히 배치되어 있기도 했다.

"괜찮구나."

흡족했다.

"마음에 드신다니 다행입니다."

양문위는 말한 그대로의 표정을 지었다.

"호교법찰 대인께 소인들의 노고를 치하해 주시면 감개무량하겠습니다."

그 말을 하려고, 그렇게나 오랫동안 고심하고 있었나 보다.

"그러지."

그때쯤 관아의 입구에 도착했다. 관아 입구에는 먼저 말이 들어갔는지 혈마군의 무구를 입은 본교의 교도 한 명이 적천당과 병리사 그리고 관병들을 나열시켜 놓고서, 나를 기다리고 있었다.

때마침 따뜻한 봄바람이 일어, 관아 문 앞에 꽂힌 본교의 깃발이 하늘하늘 휘적거렸다.

그러나 교도의 얼굴에서만큼은 커다란 파문이 번지고 있었다.

이윽고 교도의 얼굴이 경악으로 바뀌었다.

재미있게도 그 교도는 이 몸, 위효자의 얼굴을 알고 있었다.

＊　　　＊　　　＊

위효자의 진짜 정체를 아는 이는 많지 않다.

본교의 교도가 아닌 이들 중에는 남궁화와 우적 그리고……

마지막 인물인 장강쌍협을 떠올리는 순간에 씁쓸해지는 기분을 느꼈다.

나는 약한 마음을 지우는 방안으로 위효자의 정체를 아는 본교의 교도들을 급히 떠올렸다. 흑웅혈마와 색목도왕조차 위효자를 몰랐다.

위효자를 아는 교도들은.

1. 독아지류회의 일원인 황금장주.

2. 연조와 일시적인 휴전 당시에, 사천성 대죽관을 총책임지고 있었던 교도.

3. 가장 최근으로, 하북학자들을 상대하던 위효자와 교

류하였던 교도들. 그러니까 염왕손과 하북학자들을 관리하던 세 명의 교도.

그러고 보니 관아 입구에서 나를 기다리고 있던 교도의 얼굴이 낯설지 않았다.

별호도 이름도 기억났다.

외추객(畏追客) 마랄타르.

그는 하북학자들을 관리하던 셋 중에 하나로, 줄곧 북경의 옛 황궁에 있다가 이쪽으로 발령받은 게 분명했다.

위효자의 정체를 아는 이는 총 열한 명, 그중에서 한 명을 이 조그마한 동네에서 조우하게 되다니.

본교의 교도이기에 기분 좋은 우연으로 느껴졌다.

– 마랄타르. 본좌는 지금 위효자다.

나는 그렇게만 전음을 보냈다.

위대한 혈마가 제 이름을 기억하고 있기 때문이었을 것이다. 교도의 만면이 감격과 흥분의 도가니로 화했다.

마랄타르가 머뭇거리다가 정신을 차리며 성큼성큼 다가왔다. 그의 움직임에 따라, 그가 대동하고 있던 인력들도 함께 움직였다.

우리는 중간에서 만났다.

"혈마는 위대하시다."

내가 말했고.

"혈마는 위대하시다."

마랄타르도 눈치 없이 굴지 않았다.

마랄타르의 시선이 아기에게서, 내 옆에서 연신 굽실거리고 있는 병리사 양문위에게로 옮겨졌다.

그때 양문위가 마랄타르의 엄격하고 매서운 시선을 오해했다.

"······존, 존교의 교도 분이시라기에 모시고 오는 길이었습니다."

그러면서 양문위는 나를 쳐다보았다. 혈마교도가 맞긴한 거냐, 그렇게 나를 죽일 듯이 노려보면서도 한편으로는 몹시 억울한 눈빛이었다.

양문위의 나를 대하는 자세가 달라진 바로 그때, 양문위에게 향해 있던 마랄타르의 시선 또한 변했다.

이번에야말로 살의(殺意)가 일렁거렸다.

마랄타르에게서 주체 못할 패도적인 기운이 꿈틀거리며 나오자, 양문위는 새파랗게 질려서 허리부터 깊숙이 숙였다.

양문위도 제대로 수련해 온 무림인이었다. 살의를 읽지못할 리 없지.

"죄송합니다! 살려만 주십시오!"

양문위는 무엇이 죄송한지도 모르고, 그렇게 소리쳤다.

마랄타르의 기운에 양문위의 외침까지.

겨우 잠들었던 아기가 다시 깨어난 것은 크게 무리도 아니었다.

"으아아앙!"

아기의 울음소리가 좌중을 휩쓸기 시작했다.

내 눈치를 본 마랄타르의 안색도 급격히 어두워졌다. 그가 저도 모르게 내뻗친 기운을 황급히 갈무리하려 했지만, 기운을 마음대로 자율(自律)할 수 있는 정도의 경지까지는 이르지 못했다.

— 되었다. 본좌는 지금 호교법찰사 위효자니라. 들어가거든 본좌의 신분을 함구해야 한다. 이는 본교의 교도들에게도 마찬가지니라.

그 전음을 끝으로, 나는 아기를 의식해 빠르게 말했다.

"아기부터 눕혀야겠소. 이럴 게 아니라, 들어갑시다. 외추객 호교법찰사."

나는 이러지도 저러지도 못하고 있는 마랄타르와 양문위를 지나쳤다.

관아의 문턱을 넘었다.

아기는 나와 눈을 마주치는 것을 좋아했다. 오늘 처음 보았으면서도, 내가 제 시야에서 사라지면 일단 울고 보앉다. 나를 제 아비로 오해하고 있는 것은 아닐까, 그런 생각이 들었다.

하는 수 없이 아기를 계속 품에 안은 채로 호교법찰 일 사노옹을 마주했다.

그는 이곳 호북성 통산 일대의 통치권자로, 통산부령사 (通山府領士)란 벼슬을 역임하고 있는 중이었다.

한편으론 마랄타르가 다른 교도들에게 혈마의 왕림을 알릴까 귀를 세우고 있었는데, 그는 충성스러운 교도답게 내 명령을 어기지 않았다.

"본교의?"

"호교법찰사입니다."

"하교(下交)였군. 나는 호교법찰, 이곳의 부령사다."

일사노옹은 내 직함부터 확인했다. 내가 그보다 상관이 아니라는 것을 알게 되자, 늙은 그의 얼굴에서 한결 긴장 감이 사라졌다.

그는 사파인 양문위로부터 내가 강남 성궁에서 왔다는 것을 들은 바 있었다.

"패를 지니지 않았다?"

"막 시행되는 중이 아닙니까. 하급인 하교에게까지는 미치지 못했습니다."

아기는 다시 잠에서 깨 일사노옹을 쳐다보고 있었다.

하지만 일사노옹이 약간의 관심을 보이자, 바로 울어버릴 준비를 하는 것이었다.

일사노옹은 언짢아졌다. 괜히 헛기침을 하고선 아기를 바라보던 시선을 치웠다.

"개국 전에는 어디에서 있었지? 또 그전에는 본산에 있었는가? 아니면 십시 어디?"

우두커니 서 있던 마랄타르가 그때 끼어들었다.

"하교가 한 말씀 올리겠습니다. 위 법찰사는 하교와 면식이 있습니다."

일사노옹이 못마땅한 기색으로 마랄타르를 쳐다봤다. 그러다가 계속 말해 보라는 식으로 손목을 까닥거렸다.

"북경궁(北京宮)에서 하교와 함께 교업을 수행하였습니다. 한데 하교와는 달리, 위 법찰사는 중임을 맡았었고, 지금은 위대하신 혈마의 곁에서 오던 길에 잠시 여기를 지나치던 중이셨…… 었습니다."

마랄타르가 마지막에 이르러서 의심받을 만하게 말했으나, 일사노옹은 대수롭지 않게 넘어갔다.

그는 그보다도 위효자가 북경에서 했던 일에 관심을 보였다. 마랄타르가 했던 북경에서 맡았던 임무가 무엇이었는지 알고 있었던 것이다.

"중임이라 하면, 교국(敎國)의 초안에 깊이 관여했었군!"

일사노옹이 몹시 반가워하며 소리 높였다가, 그 또한 바로 아기를 의식하는 반응을 보였다.

"그렇습니다. 하지만 깊게 말씀을 드릴 수 없는 바를 양해해 주십시오."

"전지전능하시자 위대하신 혈마의 곁에 누구보다 가까이 있었지 않은가. 하교 주제에 실로 큰 홍복(洪福)을 입었군."

일사노옹에게서 이 몸 위효자를 진심으로 부러워하는 마음이 잘 느껴졌다.

"크나큰 홍복이지요."

"지금도 위대하신 혈마를 가까이서 모시고 있나? 성궁에서는 무슨 벼슬을 하고 있는가?"

"아닙니다. 성궁으로 착출된 이후로는 줄곧 내총원(內摠院)에 있었습니다."

일사노옹의 눈빛이 또 변했다.

이번에는 나를 안쓰럽다는 듯이 쳐다보더니, 잠깐 말문을 닫았다.

"위대하신 혈마를 곁에 모실 것이 아니라면, 이 나도 혈천성으로 들어가길 바랐다. 하물며 위 하교는 혈마를 곁에서 모신 홍복을 입기도 하였으니, 상심이 더욱 컸겠군."

일사노옹이 한탄하듯 말하자, 마랄타르의 얼굴이 바짝 굳었다. 마랄타르는 가시방석에 앉아 있는 사람마냥 식은 땀까지 흘렸다.

그러나 일사노옹은 그런 마랄타르를 보지 못했다. 마랄타르가 일사노옹이 앉아 있는 자리 뒤에 서 있기 때문이었다.

"나는 혈천하 이전에 본산의 지천무문에 있었다."

너는?

일사노옹이 그런 식으로 턱짓했다.

"하교는 교지에 있지 않았습니다. 사천의 분교 출신입니다."

"내가 괜한 말을 했었군. 위 하교는 분교 출신치고는 출세했으니 기쁘게 받아들이거라. 한데 궁금해지는군. 분교 출신 주제에 어떻게 위대하신 혈마의 관심을 받아 홍복을 입었던 것이냐."

이야기가 길어질 것 같자, 마랄타르가 눈치껏 끼어들었다.

쩔쩔매는 기색으로 말이다.

"이번에 잡아온 잔당들이 범상치 않습니다."

마랄타르는 무섭게 쳐다보는 일사노옹의 시선에 말을 더 붙였다.

"계집 하나가 백골문의 장문인과 친분이 있다고 주장합니다."

일사노옹은 잠시 고민하는 듯하더니, 자리에서 일어났다. 그리고는 나를 위아래로 훑어본 후에 추궁하듯 물었다.

"성궁에 있어야 하교가 여기는 웬일이냐."

"혈산원으로 이적(移籍)되어, 지나치던 길이었습니다."

"하! 이제 보니, 홍복이란 홍복은 제대로 입고 있는 놈이었군. 성지로 들어가다니!"

그가 일으켰던 몸을 다시 앉혔다.

"상교께서 직접 심문하실……."

마랄타르는 날 도와주려고 했다. 하지만 타이밍이 좋지 않았다. 일사노옹의 진노(震怒)만 살 뿐이었다.

"나가!"

일사노옹은 당장에라도 마랄타르에게 일격을 퍼부을 기세였다.

나는 황급히 아기의 귀를 막았다. 그런 다음 어쩔 줄 몰라 하고 있는 마랄타르에게 고개를 끄덕여 보였다.

마랄타르가 나간 뒤에도, 일사노옹은 화가 잔뜩 난 얼굴로 조그마한 틈이 남아 있는 문까지 완벽하게 닫아 버렸다.

일사노옹은 자리로 돌아와 나를 한참 동안 빤히 쳐다보았다.

아니, 노려보았다.

"말해라."

무엇을 말하라는 것일까.

"부디 목소리를 죽여주시겠습니까. 아기가 깨겠습니다."

일사노옹은 너무 흥분한 나머지, 위효자의 무례함을 인식하지 못했다.

"말해."

"무엇을 말하라는 것입니까. 그것을 들려주셔야 말할 게 아닙니까."

"물었었지 않은가."

뭘?

설마 그건가 싶을 때, 일사노옹의 시선이 아래로 뚝 떨어졌다. 그는 차마 나를 쳐다보지 못하고 헛기침을 했다. 그리고는 엄숙한 목소리를 꺼냈다.

"분교 출신 주제에, 위대하신 혈마의 환심을 어떻게 산 것이냐."

"……."

"혈마께서는…… 혈마께서 좋아하시는 것이 무엇이냐

말이다."

내 쪽으로 몸을 가까이 기울이는 만큼, 일사노옹의 목소리도 눈에 띄게 작아졌다.

갑자기 태세를 전환한 일사노옹의 행동이 재미있지가 않았다. 그의 물음에 대한 답이 떠오르지 않았기 때문이었다.

대체 나는 무엇을 좋아하는 것일까. 너무 오랫동안 잊고 살았다.

기억을 계속 더듬어보아도 그 어디에도 '나'는 없었다.

"혈마께서는 교도들의 충심을 좋아하십니다."

"그것을 어떻게 증명했지?"

반문이 바로 튀어나왔다.

"맡겨주신 직임을 성심을 다하여 한 것밖에 없습니다. 상교께도 반드시 그럴 날이 올 것입니다."

"혈천성 같은 군부에 있지 않고서 그런 날이 어찌 온단 것이냐."

"혈마께서 무엇을 가장 좋아하시냐 물으신다면 솔직히 잘 모르겠습니다. 하지만 가장 우려하는 것이 무엇이냐 물으신다면 단언컨대 우리 하교들의 안전이라 대답할 수 있습니다."

계속 말했다.

"교국의 초안을 잡을 때, 혈마께서 가장 크게 명하신 바는 교도들의 안전이었습니다. 그래서 동원부가 있고 적천당이 있고 관병들이 있습니다. 또 동원부와 적천당을 혈천성이 아니라 광명성 산하에 두신 저의가 무엇이겠습니까. 성궁에서부터 예까지 오는 길에 보니, 이곳 통산이 혈마의 바라심에 충실한 곳이었습니다. 조만간 상교의 훌륭한 통치가 성궁으로도 들어갈 것입니다. 하교를 믿어보시지요."

나는 나이 먹은 이 귀여운 교도를 잘 타일렀다. 그리고 효과가 있었다.

일사노옹은 가만히 고개를 끄덕이면서 입가에 미약하나마 작은 미소를 띠었다. 그가 한결 편안해진 시선으로 물었다.

"그런데 그 철함에는 무엇이 들었길래, 그리 소중히 등에 맨 것인가?"

그의 관심이 흑천마검의 파편이 담은 것으로 옮겨졌다.

"하교의 검이 들었습니다. 전란 중에 조각조각 깨졌는데, 아끼는 애병(愛兵)인지라 혈산으로 들어가면 철동으로 가져갈 생각입니다."

"모르는군. 철동의 장인들은 모두 중원으로 불려졌다."

"그렇습니까?"

"성궁에서 오는 길이라더니, 촌구석에 있는 나보다 중앙 소식에 밝지 못한 것이냐! 크하하!"

큭.

잠깐 들었던 번뇌가 날아갈 만큼, 나는 이 귀여운 노인의 반응이 즐거웠다.

그때 아기는 잠에서 깬 이후로 줄곧 나를 쳐다보고 있었다. 내가 웃고 있으니, 대견스럽고 신기하게도 아기도 나를 따라 웃는다.

참으로 예쁘게.

"사내냐? 계집이냐?"

내게 완전히 경계를 푼 일사노옹도 미소를 머금은 얼굴로 물었다.

*   *   *

초년을 넘어서 점점 미모가 무르익어 가는 것이지, 이렇게 아기일 때부터 어여쁜 미모를 발산하는 경우는 드물다.

커서 경국지색(傾國之色)이 되겠구나.

아이의 성별을 확인한 이후로, 사천당가의 여식은 이

아기의 어미가 아닐 거라고 확신했다. 사천당가 여식의 외모는 그저 그랬다.

호교법찰 일사노옹과 대면을 끝낸 후, 나는 평범한 객사(客舍)가 아니라 관아 인근의 큰 장원으로 안내받았다.

관아를 중심으로 가장 큰 집들은 모두 본교의 교도들이 머물고 있었는데, 이 집 같은 경우엔 외추객 마랄타르의 소유였다. 각 지역으로 이적된 교도들이 어떻게 살고 있는지 볼 수 있는 좋은 기회라고 생각됐다.

전 주인은 예술을 사랑하는 사람이었던 것 같다. 단지 눈요기나 허영심을 채우기 위해서가 아닌, 실제로 전 주인의 손때가 묻은 조각품과 도자기 그리고 서화가 복도마다 전시되어 있었다.

물론 전 주인은 모든 재산을 몰수당했다. 그뿐만 아니라 이곳 통산의 많은 유지들은 주민들에게 박하여 신망을 잃었던 상태라고 하였다. 유지들이 모두 쫓겨나, 그네들과 같은 뜰 없는 민가로 밀려났을 때만큼은 주민들 모두가 기뻐했다고 했다.

그런데 마랄타르는 몹시 안절부절못하고 있었다. 내가 혈마이기에 그런 줄로만 알았으나, 다른 이유가 있었던 것이다.

마랄타르가 겨우 목소리를 냈다.

"금은(金銀)은 모두 성궁으로 보냈사옵니다. 하오나 다른 재물들은……."

그러니까 공무가 바빠서 보내지 못했다는 말투였다. 하지만 스스로도 변명이라는 것을 모를 리가 없어서, 잠시 고민하는 듯하더니 넙죽 엎드리려는 것이었다.

장원에는 아닌 척하여도 처음 보는 혈마교도를 의식하는 일꾼들뿐만 아니라, 마랄타르의 호위를 맡은 동원부 병리사들 또한 여럿 있었다. 그리고 나를 관아까지 안내한 병리사 양문위도 마랄타르의 밑에 있었다.

나는 그대로 마랄타르를 빠르게 지나쳤다.

마를타르도 어정쩡하게 서 있다가, 빠른 걸음으로 따라붙었다.

내가 말했다.

"서화를 좋아하는가 보군."

"전 주인은 요경백이라는 자였사옵니다. 그자는……."

"아니. 마랄타르. 너를 말하는 것이다. 보는 눈들이 많다."

나는 또 다시 사색이 되어 엎드리려는 마랄타르를 말렸다.

"당, 당장 성궁으로 보내겠사옵니다."

"되었다. 본좌를 따라 가족들을 떠나온 너희들인데, 이 정도 유흥(遊興) 따위를 눈감아 주지 못할까. 가족들은?"

"……평평에 있사옵니다."

마랄타르는 십시 출신이었다.

그런데 그 옛날.

소교주 시절에 총체 본산인 혈산까지 들어가는 길에 처음으로 지나쳤던 곳이 평평이라서, 본교의 열 개 도시 중에서도 평평은 내게 지닌 의미가 유별났다.

"혈천하 이전에 너는 무엇을 하고 있었느냐?"

"하교 또한 가족들과 함께 평평에 있었사옵니다."

"은퇴를 한 것이었느냐?"

"아니옵니다. 젊은 몸으로 어찌 은퇴를 하겠사옵니까. 잠시 돌아와 있었사옵니다. 하교의 직무는 교지 고차(庫車)에서 대상(大商)들로부터 세금을 거둬들이는 일이었사옵니다."

그러니 예술을 좋아하는 것이다. 동서양의 많은 문물을 겪었고 그만큼 예술적인 안목(眼目) 또한 개안한 것이다.

이는 흔한 일로, 교역로를 관리하였던 본교의 교도들 중 다수가 그러했다.

"이곳의 일은 어떠하느냐?"

"더할 나위 없이 좋사옵니다."

이 또한 거짓말이다. 마랄타르가 속내를 숨기지 못하는

위인이라서가 아니라, 바로 혈마교주의 앞이었기 때문이었다.

"광명성에 이르길 이 나라의 재정이 턱없이 부족하다더군."

나는 그렇게 말하는 한편, 속으로 이를 갈았다.

황궁의 중요한 곳간들은 전부 비어 있었다. 그 많은 재물들이 어디로 사라졌겠는가. 북경에서 연조의 보물들과 멸마복정회에 관련되어 나왔던 말들이 전부 사실로 판명난 지 오래였다.

그리고 그것이 또, 지나치던 길에 들렸던 젊은 위장 부부의 대화에 관심을 기울일 수밖에 없는 이유였다.

나는 아기가 잠에서 깬 것은 아닌지 확인한 후에 말을 더 붙였다.

"조만간 교역로가 다시 열릴 것이다. 그때가 되면 너같이 교역로에서 일했던 이들부터 차출될 것이니, 오래 기다리지 않아도 될 것이다."

"미, 미천한 하교에게까지 이리도 큰 관심을 주시니. 하교는…… 하교는……."

마랄타르는 말을 잇지 못할 만큼 감격했다. 나는 고개를 끄덕이며 말했다.

"잡아들인 두 잔당을 대면해야겠다. 네 선에서 가능하

느냐?"

"옛!"

"지금 모시겠사옵니다."

"아니. 서두를 것 없다. 감옥에 갇힌 것들이 어디 가겠느냐."

우리는 다시 발걸음을 옮겼다. 그러면서 더 말이 길어지기 전에 단호하게 한 마디 내뱉는 것도 잊지 않았다.

"안방을 내줄 필요 없느니라. 본좌는 지금 위효자니라. 명심하거라. 마랄타르."

마랄타르는 정말로 어려워하였지만, 나를 객실로 안내하는 데 성공했다. 방으로 들어가던 무렵, 아기가 기다렸단 듯이 울기 시작했다.

똥을 싼 것이야 내가 치우고 닦아줄 수 있겠지만, 그간 풀어져 버린 포대가 똥 범벅이 된 것까지는 어쩔 수 없었다. 그 이유만이 아니더라도, 앞으로도 더 많은 손길이 필요할 것 같았다.

아기를 계속 보면서 느낀 것은, 이 순수하며 어여쁜 작은 생명체를 무림 잔당에게 다시 맡길 수는 없다는 것이었다.

앞으로 천대받으며 자랄 아기의 삶이 불 보듯 뻔했다. 신분 때문만이 아니다. 아기의 미모가 이토록 출중하니,

여인네로서의 모습을 갖춰가면서 그 삶은 더욱 고달파 질 것이다.

물론 그 이전에 사천당가 여식의 진짜 핏줄인지 아닌지부터 확인해야겠지만.

"유모를 데려오거라."

마랄타르는 꽤 시간이 지난 후에 적당히 나이 찬 여자 한 명을 데려왔다.

여자는 그야말로 교수대(絞首臺)에 끌려온 사람처럼 굴었다. 살려달라고 애걸복걸하는 것은 이리로 오면서 많이 했었던 것으로 보였다. 그동안 얼마나 입술을 쥐어뜯었었는지, 한 대 맞은 것도 아니었는데 입술에서 피가 절절 흘렀다.

하지만 여자가 방에 진동하는 똥냄새를 맡고, 또 잘 눕혀진 아기를 보는 순간.

여자는 멈춰있던 눈물을 펑펑 쏟았다. 안도하고 말았는지, 풀썩 주저앉기도 했다.

마랄타르는 난감한 기색이었다. 그가 이 중원 여자를 데려오면서 얼마나 신신당부하고 위협했는지 알 만했다.

"배변을 치워줘도 계속 울고 있다. 젖을 찾는 것이겠지."

여자에게 말했다.

마랄타르도 여자의 엉덩이를 발로 툭 건들었다. 그제야

여자는 주섬주섬 기어와서 아이에게 젖을 물릴 준비를 했다.

바깥이 소란스러웠다. 그들이 나누는 이야기로 보건대, 강남 성궁에서 온 위효자를 보고 싶어 하는 이들이었다.

내가 바깥을 의식하는 것 같자, 마랄타르가 눈치껏 유모를 의식해 전음을 보내왔다.

― 송구하오나, 아랫것들이 인사차 들린 것 같사옵니다. 하교가 물리치겠사옵니다.

― 들여보내라.

양문위를 비롯한 마랄타르의 장원에 배속되어 있는 병리사들이 선물을 가지고 찾아왔다.

그때부터 나를 찾는 것들이 줄을 이었다.

지방의 유지들은 재산을 몰수당했지만 완전히 망한 것은 또 아니었다. 누구는 혹은 누구의 자제는 관아에서 작게나마 벼슬을 맡을 수 있었다.

아직은 새 나라가 선 지 몇 달 되지 않아 그러한 것들을 손가락질하는 풍조가 만연하다. 하지만 세월이 흐르면 달라질 수밖에 없다. 그리고 그들이 부러움을 사기 시작하였을 때는 너무 늦어, 관아의 마당을 쓸 자리조차 남아 있지 않을 것이다.

나는 안채 바깥에서 그것들의 인사를 받았다. 그것들은

없어진 살림에서도 어떻게 구했는지 선물 하나씩을 들고 왔다. 적지 않은 이름들이 들어왔으나, 귀담아들을 필요가 없었다.

그들에게 받은 선물 전부를 마랄타르의 곳간에 넣어 버렸다.

그다음으로 혈마교도 위효자를 찾아온 온 치들은 장원 외(外) 이 지역의 병리사들이었다. 많기도 하다.

도검, 단약, 은괴.

또다시 다양한 선물들이 쌓였다.

"호교법찰사 위 대인(大人). 소인들을 잘 봐주시옵소서."

위효자가 잠깐 지나치는 인사이며 낮은 품계인 법찰사라는 것을 모를 리 없을 것이다. 그런데도 그것들은 나를 새로 부임한 원령이라도 된 듯이 대했다.

즉.

본교 교도들의 위상이 하늘을 찌를 듯이 높다는 반증이었고, 이 나라의 초안을 잡을 때 의도했던 대로 방향이기도 했다.

마지막으로 본교의 교도들이 공무를 마치는 순서대로 나를 찾아왔다. 마랄타르는 비상한 만리상(萬里商)들을 상대로 세금을 거둬들였던 인물답게, 행동거지 하나하나가 내 마음에 쏙 들었다.

시키지도 않았는데, 나를 찾아오는 교도들의 신상명세를 읊었다. 이는 내 위장신분을 생각해서였다. 교도들이 살아온 환경과 겹치면 안 되니까.

그날 저녁.

이 지역으로 이적된 교도들과 많은 이야기를 나누었다.

다들 한직(限職)으로 밀려났다는 공통적인 생각을 가지고 있었지만, 그걸 받아들이는 마음들은 다 제각각이었다.

세상 달라진 그네들의 위상에 만족하는 교도도 있었고, 강남 성궁의 중앙 정치를 향한 야망을 보이는 교도도 있었다. 그러는 반면에 가족들을 그리워하며 십시로 돌아가고 싶어 하거나 혹은 가족들을 이쪽으로 불러들이고 싶어 하는 교도들 또한 있었다.

마랄타르에게는 그날의 저녁이 사선(死線)을 넘나들 듯 괴로운 시간이라면, 내게는 정말로 즐거운 시간이었다.

지금껏 교도들과 같은 눈높이에서 대담을 나누었던 적이 있었던가?

단언컨대, 없다. 이는 지금 내가 위효자이기 때문에 가능한 일이다.

교도들과의 대화 이후로 그네들이 더 소중해졌다. 왜냐하면 그들이 '혈마군'이란 커다란 집합체를 구성하고 있는 요소가 아니라, 나와 하등 다를 것 없는 개개인들이란 사실을 더욱 절실히 느꼈기 때문이었다.

그러니 그날 밤에, 지금껏 희생된 본교의 교도들을 다시 생각할 수밖에 없었다.

교도들의 희생을 막고자 내 손에 직접 피를 묻히고 다녔지만, 그래도 많은 교도들이 비명에 갔다. 더욱이 폭렬화화대법에서 폭사된 교도들은 사체조차 남기지 못했다. 그렇게 갈 사람들이 아니었다.

빌어먹을.

"소, 소인이…… 무엇을 잘못했사옵니까……."

잠든 아기를 조심히 눕히던 유모였다.

"집에 아기가 있느냐?"

내가 물었다.

유모는 내가 제 혼을 빼먹는 귀신같이 느껴지는지, 내 눈을 똑바로 쳐다보지 못했다. 나는 조심스럽게 고개를 끄덕거리는 유모에게 다시 물었다.

"젖이 나오는 걸 보니 아기가 있겠구나. 지금 네 아기는 누가 보살피고 있느냐?"

"……."

제대로 보살피는 사람이 없겠지. 어린 자식들이 더 어린 아기를 돌보고 있을 거다.

"양문위는 들어 오거라."

들어온 양문위에게 말했다.

"창고에 넣어든 은괴들이 있다. 반은 너희들이 나누어 갖고."

양문위의 눈이 바로 호선(弧線)으로 미끄러졌다가.

"반은 이 계집에게 쥐어줘 보내거라."

바로 부릅떠져서 유모를 노려봤다.

"법찰사 위 대인께서 소인들을 잘 봐주신 것은 감개무량한 일이옵니다. 하오나 천한 계집에게 너무 많⋯⋯지 않사옵니까."

녀석이 황급히 말을 덧붙였다.

"소인의 말뜻은 그런 게 아니오라, 천한 것에게 분수에 없는 큰 재물이 들어가면 큰 화가 미치지 않겠냐는 것입니다."

"여기에서 누가 호교법찰사 외추객의 장원에서 일하는 이에게 해코지를 할 수 있느냐. 네놈이냐? 아니면 네놈 같은 것들이냐?"

"예⋯⋯ 에엣?"

귀찮은 것.

"이놈, 일하는 것이 마음에 들어 호교법찰이시자 이곳의 부령사이신 일사노옹님께 네놈 칭찬한 게 바로 오늘이

었거늘, 이제 보니 주제도 모르고 설치는 놈이었구나."

"아이고. 아이고. 법찰사님. 소인은 그런 게 아니오라……."

녀석이 유모에게 눈을 깜박거렸다. 하지만 유모는 무슨 뜻인지 몰라 멍하니 있었다.

"뭘 그리 멍청히 있느냐. 대인께서 큰 상을 내려 주신다는데."

그제야 유모는 현실을 깨달은 얼굴이 되었다. 그녀의 속 안에서 뭔가가 건들어졌는지, 눈물부터 두 눈을 에워 싸는 것이었다.

"아침 젖 먹일 시간에 늦지 말고 다시 오거라."

제8장

영(英)

그런데 유모가 집으로 돌려보낸 지 얼마 되지 않아서
다시 돌아왔다. 재물이 과한 탓도 있었지만, 유모의 말에
따르자면 그대로 돌아가면 안 되는 일이라고 하였다. 하
지만 경황이 너무 없어서 시키는 대로 할 수밖에 없었다
는 것이다.

　유모가 말했던 대로 아기는 두세 시간마다 젖을 찾았
다.

　이에 나는 마랄타르에게 내가 머무는 동안만이라도 유
모의 가족들에게 별채를 내주고, 유모에게도 산모에게 필
요한 충분한 식사를 지급하라고 명령했다.

그리고 다음 날 아침, 부산한 하루가 시작됐다.

마랄타르는 꼭두새벽부터 아랫것들에게 많은 것을 지시했다. 철두철미한 경호 태세는 물론이고, 시시콜콜한 곳간 청소까지도 직접 지휘했다.

평소와는 다른 게 분명해서, 그런 마랄타르를 이상하게 여기는 기색들이 느껴졌다.

하지만 마랄타르는 이곳 통산에서 신분계급상에 최정점에 서 있는 십팔인 중의 한 명이다. 뿐만 아니라 무공 높은 본교의 교도였으니, 마랄타르의 지휘 아래 아랫것들의 부산한 아침이 시작된 것이다.

"아뢰옵기 송구하오나, 하교가 관아로 들어가지 않는다면 상교 일사노옹의 큰 질책은 물론 의심을 살 것이옵니다."

"당연히 공무를 수행해야 할 것이다."

"하오면?"

"가서 공무를 보란 말이다. 때가 되면 관아에 들르도록 하겠다."

마랄타르를 보내고 나는 장원의 화원에 있었다. 전 주인의 취향이 고스란히 담긴 그곳이야말로, 한창 봄내음을 퍼트리고 있었다.

아기도 따뜻한 햇살에 방실방실 웃다가 날아다니는 나

비를 좇는 눈이 바빠져 있었다.

그때 유모는 없는 사람처럼 아주 조용히 멀찍한 곳에 떨어져있었다. 잔뜩 주눅 들어 있는 모습은 그렇다 쳐도, 외관부터가 몹시 남루하다. 유랑민과 조금도 다를 것 없는 모습이라서, 화사한 장원의 광경과는 너무도 이질적인 광경이었다.

명화 안에 먹물이 튀긴 것 같은 느낌을 지우려야 지울 수가 없었다.

나지막하게 유모를 불렀다. 고개를 푹 숙인 채 멍하니 서 있는 것 같기는 해도, 이쪽에 온 신경을 집중하고 있던 그녀였다.

무슨 생각을 하고 있었는지 유모의 두 눈에는 눈물이 맺혀 있었다. 유모는 그걸 차마 닦아낼 생각도 못 하고 내 앞으로 뛰어와 있었다.

유모는 내 앞에 이르고 나서야, 본인이 불경(不敬)한 모습을 보이고 있음을 깨달은 것 같았다. 그래서 더 눈물 맺힌 고개를 들지 못하는 것이었다.

어젯밤에 유모의 가족들을 전부 별채로 들였다. 가족의 구성원은 시어머니와 다섯 살 여아와 갓난아기가 전부였지, 남편을 본 기억이 없었다.

아기를 안고 있는 내게서 남편을 떠올리고 있던 것은

아니었을까.

"지아비는?"

유모는 말이 없는 사람은 아니었다. 내가 자리를 비운 줄 알고 아이에게 조잘조잘 말을 걸었던, 유모의 모습을 떠올리고 물었다.

하지만 대답이 들려오지 않는다. 그러는 이유가 무엇인지 짐작이 갔다.

"아직 돌아오지 않은 게냐?"

유모의 고개가 아주 힘들게 끄덕여졌다. 눈물 서린 얼굴을 보이지 않기 위해, 그리고 먹먹한 목소리를 감추기 위해서였다.

한편 유모만큼이나 멀찍한 곳에서, 그녀를 주시하고 있던 병리사 양문위의 눈길이 더욱 싸늘해졌다. 불경스러운 유모의 태도가 몹시 마음에 들지 않는다는 듯이 말이다.

"진위군으로 갔느냐, 성주의 병사로 들어간 것이냐."

내가 물었다.

"모……모르옵니다."

아직까지 돌아오지 않았다는 것은 죽었을 확률이 높았다.

그래서 유모의 남편을 동원한 주체를 물었던 것이다. 연조 진위군으로 동원되었다면 살아있을 가능성이 매우

희박하지만, 번왕이었던 호북성주의 아래로 들어갔다면 일말의 희망이나마 품을 수 있을 거라 보였다.

어쨌거나 분명한 사실 하나가 있다.

전장에서 죽었다면, 이 가녀린 과부의 남편을 죽인 인물이 다름 아닌 나라는 사실.

그것은 유모의 남편이 전사했을 확률만큼이나 높았다.

거의 내가 휩쓸고 다녔다. 고금(古今)을 통틀어, 아니 본 차원의 어떤 문명에서도 그러한 전례가 없었으리라.

하지만 유모는 본인의 남편을 죽이는 데 가담했을 이 위효자에게 조금의 원망도 보일 수 없었다. 그게 어쩐지 더 서글픈 일이었다.

동방 무림인들은 죽어 마땅했으나, 농기 대신 낡은 죽창이 쥐어진 병사들은…….

"내 직접 알아봐 주마. 생사(生死)는 알고 있어야 하지 않겠느냐."

"네? 아? 아? 아…….."

비로소 고개를 든 유모의 턱에서 간신히 매달려 있던 눈물이 뚝 떨어졌다.

나는 유모에게 남편의 신상에 대해 들은 다음, 그녀에게 아기를 맡기고서 관아로 향했다. 젖을 많이 물리라는 명령을 남기고서.

물론 바로 이동할 수 있는 건 아니었다. 동원부 병리사들의 증원과 관병들이 거리를 치울 시간을 기다려줘야 했다.

한창 활발해졌을 시전을 통과하기는 싫어, 일부러 우회를 명했다.

"위 법찰사 대인께서는 참으로 자애(慈愛)의 표상이신 분이십니다."

양문위가 기다렸다는 듯이 말했다.

그는 처음 만났을 때 보였던 일말의 자존심 따위는 하루 사이에 전부 내려놓았다.

그 또한 줄곧 장원에서 본 게 많았으니, 위효자와 같은 직급인 마랄타르가 웬일인지 이 몸을 몹시 어려워하고 있음을 눈치채지 못할 리가 없었다.

동원부 병리사들은 그런 양문위를 한심하게 쳐다보았지만, 양문위는 동료들의 반응에 조금도 신경 쓰지 않는 것 같았다. 도리어 그들이 더 한심하다는 듯이 행동했다.

"법찰사 대인. 긴히 하나를 여쭈어도 되겠사옵니까?"

양문위가 오랫동안 고민하다가 물었다. 그의 동료들도 양문위에게로 촉각을 곤두세웠다.

"무엇이냐."

"소인은 위대한 존교의 행보에 크게 감격을 받았을뿐더러, 그 가르침을 사무치게 느끼고 있사옵니다."

"그래서?"

"소인 같은 미천한 것도 입교가…… 가능할련지요? 신분 상승을 꾀하는 게 아니라 정말로 정말로 감격해서 그렇사옵니다. 현신(現神)이신 위대한 혈마를 멀리서나마 섬기고 싶어 환장할 지경이옵니다. 그게 자다가도 몇 번이나……."

기어이 저지르고 마는구나! 멍청한 놈!

도리어 녀석의 동료들이 양문위의 돌발적인 행동에 당혹스러워했다.

"네놈은 아직 듣지 못하였구나."

"옛?"

"본교의 문은 언제나 열려 있다."

"그, 그렇사옵니까!"

양문위가 희번덕한 눈을 까올렸다.

"어, 어디로 입교를 청하면 되나이까?"

양문위뿐만 아니라 주변인 모두의 발걸음이 순간 멈췄다.

내가 혀를 차면서 계속 걷자, 나를 중심으로 한 대인원이 다시 움직이기 시작했다.

"성, 성궁으로 가면 되는 것이옵니까. 부디 귀한 말씀을 들려주시옵소서."

"성체본산(聖體本山)."

짤막하게 뇌까렸다.

"혈산!"

"혈산……."

놀라고 중얼거리는 소리가 퍼졌다.

"단, 둘 이상 무리 지어서 오는 것들은 본교의 엄벌을 피하지 못하겠지."

무리 짓는다고 될 일이 아니지만.

"아……."

그네들의 만면으로 엄청난 희망의 빛이 들어왔던 속도만큼, 그 빛이 쑥 빠져나갔다.

"왜. 못하겠느냐? 순 말뿐이로구나."

"그, 그게 아니오라."

"본교의 소교들 중에는 천릿길 넘은 열열사막을 가로질러 온 아이들도 있다. 하물며, 너희같이 무공 익힌 것들이 그 아이들보다 못하겠느냐."

"그게 무공만으로는 되는 일이 아니지 않사옵니까."

양문위가 말했다.

그의 동료 중 한 명도 더는 참지 못하고 끼어들었다.

"법찰사 대인. 존교의 사막은 물과 풀도 없고 황사(黃砂) 깃든 열풍(熱風)만 휘몰아치니, 사람이나 짐승은 죽을 병을 피할 수 없다. 그리 들었사옵니다."

"발자국도 남을 수 없어서, 해골로 표지판 삼아 남긴 것들 또한 열흘을 가지 못한다고 하였습니다. 정말 그렇사옵니까?"

그때 한 목소리가 나타났다.

"대부(大父)들께선 본교의 사막을 타클라마칸이라 불렀다. 너희들의 말로 타클라는 죽음이고 마칸은 끝이 없는 넓은 지역이니라. 너희 같은 것들에게 위대하신 혈마의 홍복이 미치는지……."

마랄타르였다.

그가 거기까지 말하고, 나를 의식해서 말문을 닫았다.

이미 너희들에겐 혈마의 홍복이 미치고 있다.

마랄타르는 그런 눈빛으로 주변을 돌아본 다음에 내게 말했다.

"위 법찰사. 여기서부터는 이 외추객이 동행하겠소."

*   *   *

"위대하신 혈마께 큰 죄를 졌나이다."

"무엇이."

"미천한 아랫것들이 불경을 저지르지 못하도록 단속했어야 하옵니다."

"본좌가 지금 위효자임을 몇 번이나 상기시켜주어야, 그런 태도를 그치겠느냐."

"죽, 죽을죄를 졌사옵니다."

"서리에게 한 사람의 행방을 찾아보도록 하거라."

"옛."

"이름은 삼남이고 장가다. 동원된 이래로 지금껏 소식이 없다 한다. 어렸을 적에 큰 화상을 입어 오른뺨에 그 자국이 크다 하니, 찾아낸다면 특정하기 어렵지 않을 것이다."

"기록이 남아있을 것이옵니다."

인명부, 징세부, 토지부 등.

각 지방으로 보내진 교도들은 그 지역의 행정 기록들을 찾고 보관하는 일부터 시작했다.

마랄타르는 그걸 말했다.

마랄타르가 나갔다가 빠르게 돌아왔다.

"진위군으로 동원되었다 하옵니다. 진위군에 관한 기록은."

"성궁에 있지. 적당한 서리 한 명에게 맡겨 그 일을 완수토록……."

나는 말을 멈추고 다시 명령했다.

"서리에게 마을을 돌아다녀 지금껏 돌아오지 못한 남자들의 명단의 작성하고, 그것들의 행방을 찾아 가족들에게 알려 주도록 해라."

"전지전능하실뿐더러 대해(大海)와 같은 도량을 갖추신 혈마께서 본 대에 현신하셨으니, 이는 천년만년 자자손손 만천하의 크나큰 복이자, 광휘(光輝)로 화할 일이며……."

마랄타르는 그쯤에서 내 눈빛을 읽어내고는 입을 다물었다.

우리는 감옥으로 향했다. 온갖 것들이 다 잡혀 들어와 있었다.

예컨대 이 마을의 여러 무문에 소속되어 있었던 자들만 가두어도 감옥을 전부 차지할 일이었다. 하지만 가둬야 할 사람들이 많아, 넷을 두어야 할 곳에 열 명이 넘게 갇혀있다.

바로 어제 잡힌 사천당가의 계집과 놈도 예외는 아니었다.

나와 마랄타르의 등장에 본교를 저주하는 온갖 욕설이 휘몰아치기 시작했다. 관병들이 득달같이 뛰어들어 목봉으로 그것들을 있는 힘껏 찌르고, 몇을 본보기 삼아서 복도로 끄집어내 마구잡이로 밟아 댔다.

　그래도 저주가 멈추지 않는다.

　결국, 계속 내 눈치를 보던 마랄타르가 관병에게 조용히 말했다.

　"다 참살(慘殺)해라."

　그런데 그렇게 시끄러운 와중에도 참살하라는 소리가 각각의 고막을 파고들었는지, 갑자기 조용해지는 것이었다.

　나는 마랄타르에게 고개를 저어 보인 후, 한 감옥 안을 가리켰다.

　마랄타르와 관병들이 사천당가 계집을 끄집어냈다.

　지난밤의 고신(拷訊)이 꽤 지독했던지, 하룻밤 사이에 성한 구석을 찾기 힘들 정도로 엉망이 되어 있었다. 무공 고수인 젊은 것은 두말할 것 없이, 사경을 헤고 있는 중이었다.

　우리는 독방으로 이동했다. 거기에서 마랄타르가 직접 계집을 형틀에 앉히고서, 이제 물러가도 좋다는 뜻으로 관병들에게 손을 휙휙 저었다.

　"전의 교도분께 다…… 말했습니다. 저는 반당이…… 반당이 아닙니다. 하온데 아기는 어디 있나요…….."

　어제의 여유 있고 당당했던 표정은 조금도 남아있지 않

앗다.

"사천 당가. 후취 소소의 여식이고, 계속 백골문 장문 인과의 친분만을 주장하고…… 있소."

마랄타르가 말했다.

"아기의 친모는?"

"제 소생(所生)입니다……."

계집이 간신히 고개를 들어 말했다.

나는 잔당 계집의 앞으로가 턱을 움켜쥐었다. 손가락만 까닥거려도 제 얼굴이 터져버릴 것을, 계집은 차마 알지 못했다.

"네년이 친모라고?"

"예."

나는 계집의 상의를 가슴가리개까지 확 뜯어 버렸다.

핏물이 굳은 두 가슴이 출렁이며 나오는 순간, 그것의 하나를 움켜쥐었다.

하지만 젖이 나올 리가 없다.

"아기는 본교의 소교(小敎)로 자랄 것이다. 이의가 있느냐?"

연조의 보물보다는 그게 더 먼저였다. 어딘가에 잔존했을 폭렬화화대법만 제외한다면.

"하, 하오나 이런 식으로는 심…… 심히 곤란합니다.

그 아기는…… 혈마…… 혈마께…… 바쳐질 아기입니
다."

"왜."

"이곳을 다스리시는 부……령사께 말씀드릴 사안입니
다. 소녀의 말을…… 부디 부령사께 올려주십시오. 소녀
의 말을 다 듣고 나면 필시 기뻐……하실 것입니다."

마랄타르는 과연 셈이 빨랐다.

"네 앞에 계신 분이 부령사이시다."

"……잘 되었군요. 우, 우선…… 소녀와 동행하고 있던
자는 멸마복정회라는 반당의 무리입니다. 그리고 소녀가
데리고 있던 아기는……."

아기는?

"삼제 중 일인이었던…… 전 무림맹주 황월의 핏줄입
니다. 대인."

"흠."

"소녀의 말을 믿어 주시는 것이옵니까?"

계집이 그렇게 놀란 눈빛을 띄었다.

하지만 갓난아기 때부터 발산하는 아기의 뛰어난 미색
을 보라. 그렇다면 어미가 아니라 아비의 핏줄을 타고 난
모양이었다.

＊　　　＊　　　＊

아기는 보통 임신 후 십 개월 후에 세상 밖으로 나온다. 거기에 아기가 태어난 지 얼마 되지 않았다는 것을 계산에 두니, 얼추 맞아 떨어진다.

옥제황월은 그때, 씨를 뿌린 것이다.

그때!

드래곤의 속박에서 벗어난 옥제황월이 나보다도 삼 일 먼저 중원에 도착했던 적이 있었다. 그 전에 나는 옥제황월이 중원으로 돌아올 것을 대비하여, 그의 마지막 자취였던 황금장에 혼심사문의 강력한 절진을 펼쳐두었으나 다음과 같은 보고를 받았다.

> "그가 반 시진 만에 절진을 파훼하고 형문산 방향으로 도주하였습니다. 추살대를 붙였으나 아직까지 행방이 묘연합니다."

당시의 보고를 떠올리며 물었다.

"친모는 어디 사람인가?"

"의창 지역입니다."

계집이 설명을 붙이려 했다.

"호북원 장강 연안의……."

"남쪽으로 형문산을 둔 곳이지. 친모는 무얼 하던 사람이고?"

"늙은 어부의 과년한 여식. 이름은 수(秀)라 하였습니다. 평범하디 평범한 여인이었습니다."

"계속."

"어부의 여식 수가 황월과 연이 닿은 건, 무슨 연유에서인지 황월이 큰 부상을 입어 강가에 쓰러져 있는 걸 발견하면서부터였지요."

"황월이 아무에게나 씨를 뿌릴 인사였다면, 진작에 황월의 자식은 두 손으로도 헤아릴 수 없었을 것이다."

그러자 계집의 두 눈에 기분 나쁜 이채가 떠올랐다.

"소녀도 정도의 종주(宗主)가 사실 음적이라는 말을 들었던 것만큼이나, 의외였습니다."

음적?

"윗물이 그렇게 더러우니, 아랫물은 어떻게 되겠습니까. 당금 정도라 자칭했던 자들의 몰락은 당연한 수순이었습니다. 소녀도 정도 명문(名門)의 여식으로 많이 반성해야 했습니다."

나는 계속하라는 식으로 고개를 까닥였다.

"존교에서 검제 황월과 암제를 추적하고 있다면, 서역

에서 찾을 수 있을 것입니다."

계집은 어떻게 해야 내 흥미를 끌 수 있는지 알고 있었다.

맞다. 옥제황월은 지금에야 성(星) 마루스에서 죽지 않는 이상한 존재로 남아 있지만, 그 당시에 옥제황월은 서역에서 할라를 수련하고 있었다.

"근거가 무엇이냐?"

"당시에 의창 부두에는 잠시 정박하고 있던 만리상(萬里商)의 윤선이 있었습니다. 그런데 아기의 친모는 부상 입은 무인, 즉 황월이 중원인들을 크게 경계하고 있기에, 만리상의 색목인을 찾아갔다 합니다. 색목인들은 의술이 참으로 기이하고 훌륭하다 알려져 있지 않습니까. 그래서 손짓 발짓을 다하여 색목인을 집 안으로 들였는데, 황월도 색목인도 서로에게 큰 관심을 보였다 했습니다."

"그래서 색목인을 따라갔을 것이다?"

"시기적으로 그렇게 되는 것 같습니다. 황월도 색목인도 다음날에 바로 떠났으니까요."

계집이 계속 말했다.

"그런데 어부의 딸로만 살아왔던 과년한 여식이, 음적으로 돌변한 황월을 어떻게 막을 수 있었겠습니까. 황월이 음적으로 돌변한 건 색목인과 만남을 가졌던 그날 밤이었습니다. 그래도."

그래도?

"일말의 양심은 있었던가 봅니다. 여식에게 순금으로 된 장신구를 쥐여 주고 떠났으니까요. 아기의 밑에 넣어 두었던 걸 보셨습니까?"

계집이 내 반응을 살피며 마지막 말을 뱉었다.

"그걸 주면서 한 말이 가관이었습니다. 운우지정(雲雨之情)을 나눈 것이 아니라 수련의 일종이었으니, 크게 상심치 말라 하였답니다. 그러면서 본인에게 어떤 실수가 있었으니, 만일 아기를 가진다면 그걸로 아기를 키우라 했다는 것이었습니다."

"흠……."

나는 오래전에 황월과 나눴던 대화를 기억 속에서 끄집어내는 데 성공했다.

"서역에는 본좌가 두려워 도망친 것이 아니었느냐?"

"그렇게 생각하고 있었소? 교주도 생각보다 맹하시오. 오랫동안 내 삶을 둔 곳이 중원인데, 이역만리까지 왜 가겠소? 설사 전비를 갖추고 싶다 한들 중원에 비처 하나 두지 않았을까. 어쨌든 내 발로 서역에 간 것은 맞소. 헌데 나중에 생각해 보니, 또 그게 아니었단 말이오. 우연히 맞아떨어진 것이 한둘이 아닌지라…….
너무도 아귀가 맞아 떨어진단 말이지. 어쩌면 지금 여
기에서 교주와 마주하고 있는 것도 비슷한 이치가 아
닌가 싶소만."

　계집이 지금 말하고 있는 바는, 오래전에 찾지 못했던
퍼즐의 한 조각이었다.
　그런데 이제 와서 옥제황월이 당시에 만났던 서역인이
누구인지는, 그렇게 중요하지가 않았다. 그 또한 라쿠아
의 설계.
　옥제황월이 그렇게 서역으로 가서 할라를 수련하고 돌
아왔던 일 또한 모두 과거에서 끝난 일이었다. 지금 그는
성(星) 마루스에서 죽지 않는 존재가 되어 중원의 일을 잊
었다.
　그러니 지금은 옥제황월이 중원에 개입할 일은 거의 없
었고, 또 그러려고 해도 그럴 수 없는 상황에 처해 있었
다.
　"어미는 살해당하고, 아비에게는 버림받았으니. 의지할
곳이라고는 어디에도 없는 천생 고아였군. 쯧."
　지금 가장 의미 있는 사실은, 바로 그것이었다.
　"……."

어미가 살해당했다는 부분에서, 계집의 눈빛이 흔들렸다.

이 사천당가의 계집이 아기의 친모를 죽이고 아기를 빼앗았다. 이렇게까지 상세히 알고 있다는 게, 그러한 사실의 반증이다.

"그래서 아기를 혈마께 바치려 하였다? 아비마저 버린 아이가 가치가 있을까?"

"위대하신 혈마께서 드러내신 독존(獨存)의 무공은, 하계의 수준이 아니었습니다. 연조의 핏줄이 사대부와 민간으로부터 병사를 얻도록 꾀할 수는 있겠지만, 혈마께서는 그 수가 수만이든 수십만이든 수백만이든, 조금도 개의치 않으실 겁니다. 하오나."

"하오나."

"검제의 핏줄은 다릅니다. 혈마(血魔)의 전설이 사실이었으니, 정도의 잔당들은 삼황(三皇)의 전설에 기댈 것이옵니다."

삼황은 모두 죽었다. 그런데 그들의 이름이 계집의 입에서 나온 건 꽤 뜻밖이었다.

"삼황?"

"멸마복정회에서는 '삼황의 안배가 도래할 것이니, 판세를 뒤엎을 때가 온다.'고 합니다. 그때가 되면 삼황이 비곡(秘谷)에 둔 연조의 보물들로 새 나라를 꾸릴 것이라 하며 혹세무민하고 있습니다. 이러한 때에 검제의 핏줄은 연조의 어떤 핏줄보다 충분한 가치가 있지 않겠습니까?"

"네년은 반당이 아니다?"

"소녀와 소녀의 일가가 바라는 건 가문의 복권뿐입니다. 하오니, 부디 성궁으로 소녀의 진심을 전해 주시옵소서."

"하면 잡히지 말았어야지."

"……소녀를 감시하고 있던 반당의 실책 때문에, 소녀와 본가의 진심이 의심받게 된 작금의 상황을 어찌 모르겠습니까. 그러니 대인에서 이렇게 모든 걸 털어놓는 것이지요."

"아기가 황월의 핏줄이라는 것을 아는 이가 너와, 동행하고 있던 반당 놈뿐이냐?"

"아니옵니다."

계집이 기다렸다는 듯이 일말의 고민 없이 토해냈다.

"멸마복정회의 수뇌들 전부가 알고 있을 것이옵니다. 대인."

계집은 멍청하지 않았다.

그 대답이 일단, 계집의 목숨을 살렸다.

"크하하! 멸마복정회. 멸마복정회! 그것을 이런 촌구석에서 다 잡다니!"

　　통산부령사 일사노옹은 드디어 한 건 해냈다는 얼굴로 크게 기뻐했다. 그럴 수밖에 없는 것이, 멸마복정회란 이름에 거국적인 차원의 큰 상이 걸렸기 때문이었다.

　　일사노옹의 웃음소리는 워낙에 커서 관아 바깥까지 다 들릴 정도였다.

　　그러다 문득 웃음을 멈춘 일사노옹의 시선이 내게로 향했다.

　　"헌데 그것을 잡은 이가 위 하교란 말이지."

　　일사노옹은 속내가 빤히 보이는 귀여운 표정을 지었다.

　　"상교의 통치에 훌륭한 방범이 갖춰진 덕분이지요. 상교의 공입니다."

　　일사노옹의 눈이 가늘해지던 찰나, 그가 두 손바닥을 마주쳤다.

　　"과연 중앙 정계 출신은 달라! 위 하교의 처세가 이리 뛰어난데, 위대하신 혈마의 홍복을 아니 입을 수 있었을까! 하교에게 많이 배웠네. 그래도 나 일소노옹은 염치를 모르지 않아. 다른 일도 아니고, 멸마복정회의 잔당이 나

왔으니 하교가 직접 가서 고하시게. 멸마복정회에 관련된
일이니 혈산으로 아니 가고 돌아왔다는 소리는 없을 거란
말이지."

나를 향한 일사노옹의 눈빛에 부담스러울 만큼의 호감
이 서렸다.

"아닙니다. 하교의 지금 직무는 혈산으로 가는 것입니
다. 멸마복정회란 걸 알고 잡는 것과 모르고 잡는 것에는
큰 차이가 있습니다. 성궁으로 보내는 첩에는 하교의 이
름을 빼 주십시오."

"오오. 과연 위대하신 혈마의 홍복을 입은 교도로다.
달라도 크게 다르지 않으냐! 다들 보았느냐? 본교의 교도
들은 능히 이래야 마땅함이다. 위 하교를 보고 느낀 바를
뼛속에 새기란 말이다. 이것들아!"

일사노옹은 너무도 기쁜 마음을 주체하지 못했다. 나이
도 나이거니와 이렇게나 수선을 피울 성격이 아닌데, 그
는 이곳의 모든 교도들을 모아놓고 한참이나 소리 높였
다.

"반당 놈에겐 의원을 붙였느냐?"

"의……."

"반당 놈이 죽으면, 네놈들도 전부 죽을 줄 알아라. 고
신의 고자도 모르는 것들! 여기에 있는 위 하교의 반의반

만이라도 닮거라. 왜! 말해 봐."

"의원을 부를 것도 없이 갑자기 호전되어 있었습니다. 숨겨두었던 영약이 있었던 모양입니다."

"몸수색도 못 하는 것이냐? 똥 누는 구멍을 안 뒤져 본 것이겠지!"

정말로 재미있는 교도군.

언성만 높을 뿐이지, 일사노옹의 얼굴엔 시종일관 미소가 걸려 있었다.

"하면 단전은?"

"단전부터 폐하지 않는다면, 무엇을 했겠습니까. 했습니다."

"상마들께서 엄명하신 멸마복정회의 이름이 이 촌구석에서! 개국 이래 처음 나온 것이다. 성궁에 계신 혈천성의 상마께서 납시고도 남을 사안이니, 너희들은 차질 없이 준비하라!"

"무한으로도 사람을 보내 놓겠습니다."

"맞다. 호북원령께도 보고를 올려야지! 자칫 눈총을 살 뻔했군, 아직도 적응이 안 되니 원. 누구냐. 방금 말한 하교가 누구냐?"

"하교 마랄타르입니다."

열일곱 명의 교도 사이에서 한 목소리가 튀어나왔다.

"그러면 그렇지. 외추객에게는 휴가를 주마. 이틀간 관아에 나올 것 없다."

"옛!"

한차례 소동이 끝나고, 사천당가의 계집이 질질 끌려왔다.

좌중 중의 가장 상석에 앉아 있는 이가 당연히 부령사다. 사천당가의 계집은 마랄타르와 나를 빠르게 찾아보고는 허탈한 표정을 지었다.

일사노옹이 계집의 신상이 적힌 종이를 쓱 훑어보면서, 오랜만에 찾아온 손주를 본 외할아버지의 미소를 지었다.

"사천당가?"

"네."

계집이 대답했다.

"사천당가?"

"네. 그러하옵니다. 부령사 대인."

"당독군, 고놈이 부친이냐?"

"……예."

일사노옹이 씩 웃었다.

"너희 당가가 그간 분수도 모르고 사천 지역을 어지간히도 종횡(縱橫)하고 다녔지. 특히 당독군은 정말 주제도 몰랐어. 고놈의 말로가 그렇게 될 줄은 내 진즉에 알고 있었지. 멍청한 우왕과 못생긴 오장보를 저승길 동무로 두었으니, 아주 주제에 걸맞은 죽음이었다."

일사노옹이 낄낄거렸다. 그러나 활처럼 휘어진 눈 속으로는, 계집의 반응을 살피는 예리한 기운이 맴돌고 있었다.

"그뿐이겠느냐. 당독군의 자제들이나 제자들도 하나같이 간사한 소인배들뿐이라, 한 번 싸워보지도 않고 제집을 다 버리고 꽁지 빠지게 도망부터 치지 않았느냐. 그리고는 사천 성도에서 연조의 병사들을 믿고 개기다가, 어떻게 되었느냐. 어린 계집아."

"예."

"나는 이 촌구석에 오기 전까지 호교대왕이신 혈천성령 흑웅혈마님의 아래에 있었느니라. 내 무슨 말을 하고 있는지 아느냐."

"부령사 대인께서 연조와 맹에 가담하였던 소녀의 가문 사람들에게 벌을 내리셨다는…… 그런 말씀을 하시는 게 아니십니까?"

"벌이라. 너는 그 학살(虐殺)을 그리 말하는구나. 크하하핫!"

계집이 머리를 숙였다.

"너희 당가 놈들은 아무리 생각해도 멍청한 작자들뿐이

다. 아미의 비구니들처럼 벌벌 기어도 시원찮을 마당에, 성도로 튀어? 어린 계집아. 너는 그걸 어떻게 생각하느냐?"

"……그래서 큰 벌을 받지 않았습니까."

"맞다. 성도에서 거의 다 뒤졌지! 크하하하. 사천당가에선 계집종들을 뽑는데도 미색을 따지는지, 하나같이 미색이 출중하더구나. 너희 당독군의 딸년들도 그랬다. 그 것들을 노부의 배 아래 많이도 깔았지. 크하하하. 하지만 네년의 박색(薄色)한 얼굴을 보니, 그게 네년 목숨을 부지하게 만들어줬나 보구나. 그걸 아느냐? 당독군의 둘째 부인이던가. 소소라는 계집은 내게 더 해달라고 조르기까지 하더구나."

마지막 말이 일사노옹의 결정타였다. 바로 계집의 어미를 언급하기 위해서 계속 밑밥을 깔아 왔던 것이다.

하지만 사천당가의 계집은 눈물만 글썽일 뿐이었다.

일사노옹의 낄낄거리던 웃음소리가 뚝 멎었다. 간 보던 것이 끝났으니, 본론으로 넘어갈 때였다.

"그러니까 네년은 당가의 복권을 청하기 위해, 성궁으로 가는 길이었다?"

"예."

"멸마복정회는?"

"본가는 가지고 나온 재산과 무림에서의 위명이 있어, 크게 궁핍하지는 않았사옵니다. 안분하고 살 만하였습니다. 헌데 멸마복정회란 반당의 무리가 소녀의 가족들에게 접근하면서부터 화란(禍亂)이 닥쳤습니다. 그때가…… 혈마께서 연조의 가짜 황제를 베셨을 즈음이니…… 그 무렵부터 멸마복정회가 계획된 것 같사옵니다."

"닥쳐라. 누가 네년보고 판단하라 하였느냐. 아기가 있다고?"

그러자 계집이 나를 가리켰다.

그때 일사노옹이 나를 쳐다봤다. 하지만 일사노옹은 여태껏 아기에 대해서 보고하지 않은 이 몸 위효자를 꾸짖는 대신, 도리어 마랄타르에게 눈빛을 보냈다.

마랄타르가 성큼성큼 걸어가 계집의 따귀를 올려붙였다.

"미천한 신분이자 잔당 주제에, 지금 누구에게 손가락질을 해!"

짜악!

정확히 말해서는 따귀보다는 일장을 적중시킨 것과 다름없었다.

계집이 그대로 튕겨 날아가 벽에 부딪혀 쓰러졌다. 그리고는 컥컥대면서 피를 쏟아냈다.

"위 하교."

"예."

"이 계집은 위 하교가 알아서 하라. 이미 아기도 맡고 있는 바, 첩에서 이름을 빼달라는 소리는 못 들은 걸로 하겠다는 것이다. 위 하교의 공이 너무나 큰 터, 이 일사노옹을 염치없는 것으로 만들지 말라. 다만 죽이지만은 말도록. 혈천성의 상마들께서도 친히 심문을 하셔야 할 터이니."

그러면서 일사노옹이 방 밖으로 나가버렸다.

"크하하하!"

그의 웃음소리가 저 멀리서도 약해지질 않았다.

장원으로 돌아왔다.

젖을 물리고 있던 유모를 치우고 나서, 나는 한참이나 원수의 아기를 들여다봤다.

아니, 원수였던 자의 아기를 들여다봤다. 그럴 리가 없는데, 나를 알아보는지 꺄르르 웃는 게 참으로 어여쁘게 느껴졌다.

내게 있어 옥제황월은 더 이상 분노나 원한의 대상이 아니었다. 언제부터인가 그를 떠올리면 가장 먼저 드는 마음은 측은지심이었다.

드래곤에게 속박되어 있던 세월에 당했을 고통, 그리고 흉측한 괴물로 살아온, 나는 알 수 없는 백여 년의 세월이…….

불쌍했다.

옥제황월은 무(無)로 되돌려지기의 전의 시간대에서, 그때 그렇게 끝나는 게 나았다.

하지만 이렇듯 부활된 이후로 고통 속에서 허우적거리고만 있을 뿐이니, 나는 이미 놈에게 죽음보다 더한 복수를 한 셈이었다.

나는 아기를 품에 안아 들었다.

"아기야. 네 친부는 다른 세상에 살아있으나, 사람이되 사람이 아니게 되었다. 설사 여기에 있다 하여도 너를 할라 수련으로 치부한 그가 자식으로 인정할 것 같진 않구나. 그리고 네 친모도 사천당가의 계집에게 살해당했으니, 이 세상에는 오로지 너 혼자로구나. 그러니 나는 너를 지금부터 영(英)이라 부르마. 그게 네 이름이다. 영아."

*　　　*　　　*

통금령(通禁令)이 내려진 거리.

시전도 열리지 못해 조용하기 그지없다.

하지만 통산부령사 일사노옹의 눈동자와 입술은 그 어느 때보다 바빴고, 본교의 교도들뿐만 아니라 동원부 병리사들과 관병들 전부가 동원되어 전시(戰時)에 준하는 움직임을 보이고 있었다.

마침내 관병과 동원부 병리사들이 마을 어귀에서부터 관아까지 이어지는 길을 따라 대열을 갖추었다.

일사노옹은 그들에게 조금의 움직임도 허락하지 않았다. 오죽하였으면 점혈을 해서 세워둘까, 하고 중얼거리던 일사노옹의 말이 진심으로 들릴 정도였다.

일사노옹의 얼굴에는 더 이상 미소가 존재하지 않았다.

시간이 지날수록, 애가 타는 긴장감만이 진하게 번지고 있었다.

"아!"

일사노옹의 두 눈이 부릅떠졌다. 길 끝자락에서 드디어 모습을 드러낸 이들의 등장을 일사노옹뿐만 아니라 전부가 알아차렸다.

일사노옹의 명령이 없더라도, 모두가 다 숨마저 멈춰버린 채 병정 인형처럼 온몸을 더 꼿꼿하게 세웠다.

그리고는 그들이 조금 더 가까이 오길 기다렸다가, 왼 무릎을 일제히 꿇었다.

"혈마는 위대하시다!"

"혈마는 위대하시다!"

나도 아직은 위효자였다.

"혈마는 위대하시다!"

그렇게 외치는 내 앞을 일사노옹이 스쳐 지나갔다.

일사노옹의 발걸음이 점점 빨라졌다. 그러다 나중에는 거의 질주하다시피 변해서, 강남 성궁에서부터 온 교도들의 앞에 이르자마자 교례를 갖췄다.

왼 무릎을 꿇는 즉시 머리 위로 착 하고 감아올린 포권과 함께였다.

"혈마는 위대하시다! 하교 통산부령사 호교법찰 일사노옹과 이하 하교들이, 상마이신 교의감상관 풍마쌍부 호교법위님을 뵈옵니다."

흑웅혈마, 그러니까 강남 성궁의 혈천성에서 풍마쌍부를 보냈다.

나는 전쟁을 시작하며, 음지에서만 활동했던 네 개의 귀단(鬼團)을 전부 세상 밖으로 끄집어낸 바 있었다. 풍마쌍부도 그렇게 양지로 나온 교도 중의 한 명으로, 나는 그에게 교의감(敎義監) 맡겼다.

교의감이란 기관은 대행혈단의 연장선이다.

표면으로는 본교의 교법을 다루어 실질적인 형(刑)을 담당하는 것으로 되어 있지만, 사실은 반당 대책 특수부의 성향을 띠고 있다.

물론 풍마쌍부는 혼자 오지 않았다. 직속 수하인 교의
감의 여러 교도들과 사파인들 그리고 성궁의 병사들까지
이끌고 왔다.

"통산부령사?"

"혈천하 이전에는 지천무문에 있었고, 혈천하 중에는
호교대왕이신 혈천성령 흑웅혈마님의 군하(軍下)에 있었
사오며, 바로 위로는 호교법위 마영도의 명을 받아, 지금
은 이곳 통산의 부령사로 있사옵니다."

풍마쌍부는 일사노옹의 재빠른 자기소개에 고개를 끄덕
였다.

그때 풍마쌍부가 대동하고 있던 늙은 사파 무림인 하나
가 슬며시 무리에서 나와, 일사노옹과 인사를 나누길 원
했다. 늙은 사파인은 풍마쌍부가 허락하는 눈빛을 보이고
나서야 입술을 뗐다.

"호교법위, 팔공적의(八空赤衣) 조유조라 하오."

나도 아는 얼굴이다.

삼살삼사, 백골문의 장문인. 여섯 명의 동원부주 중 한
명. 달리 말하자면, 모든 사파인들 중에 유일하게 높은 품
계를 받은 여섯 명 중 한 명.

하지만 대다수의 교도들이 그렇듯, 일사노옹이 그를 바

라보는 시선이 그리 곱지만은 않았다. 거기서 그친 것이
아니라 말투 또한 그랬다.

"일사노옹이오."

굉장히 까칠했다.

"오는 길에 보이더이다. 부령사가 이토록 훌륭히 통치
하니, 그런 성과는 당연한 것 같소. 진심으로 감축 드리
오."

하지만 일사노옹의 얼굴을 풀게 만든 것은 그런 금칠된
말이 아니었다.

"그리고 이것은 약소하나마 준비한 것인데, 부디 성의
를 봐서라도 받아주면 좋겠소."

한눈에 보기에도 고급스런 목함이었다. 그런데 크기가
주먹만큼 작은 걸로 보면, 금보다는 백골문이 자랑하는
영단인 팔공약이 들었을 확률이 높았다.

일사노옹이 풍마쌍부의 눈치를 확인하고 그것을 품 안
으로 넣었다.

"모시겠습니다."

일사노옹이 백골문 장문인에게 고개만 까닥한 뒤, 풍마
쌍부에게 말했다. 그런데 풍마쌍부는 움직이지 않았다.

"나는 선발로 온 것이다."

일사노옹은 풍마쌍부쯤 되는 거마가 선발로 왔다는 말

을, 바로 이해하지 못했다.

일사노옹보다도 이쪽에서 먼저 반응이 왔다. 그렇지 않
아도 잔뜩 긴장 중이던 교도들이 풍마쌍부의 큰소리에,
더는 참지 못하고 침을 삼켜댔다.

오로지 마랄타르만이 침착한 모습을 보일 뿐이었다.

"교의감상관께서…… 선발이라 하시면?"

"호교대왕 흑웅혈마님께서 납실 것이다. 만반의 준비를
갖추었겠지?"

순간, 일사노옹의 숨이 턱 하고 막히는 소리가 다 들렸
다.

*　　　*　　　*

일사노옹은 이곳 통산을 촌구석이라고 말하며 또 정말
그렇게 생각하는 듯했지만, 본교의 교도가 일사노옹 포함
열여덟이나 배속된 지역을 촌구석이라 말할 수 없다.

진짜 촌구석은 통산같이 부(府)로 명명된 지방행정기관
이 자리한 곳이 아니라, 방(坊)이나 사(司)로 명명된 지방
행정기관이 자리한 지역들이다.

응문, 자산, 구언, 계영복, 전전, 평정, 방마점, 낙벽,
경서, 안창, 무봉, 의안.

사(司)가 설치된 열두 개의 촌.

횡풍, 상수, 서창, 병녕, 장사, 창무,

방(坊)이 설치된 여섯 개의 촌.

일사노옹의 표현에 따르자면, 흑웅혈마가 이쪽으로 오는 경로에 따른 열여덟 개의 촌구석으로부터 전서가 날아들었다.

그것이 끝이 아니라 지금도 전서가 속속 들어오고 있었다.

그리고 전서를 가지고 온 사파인들은 도착하자마자 하나같이 뻗어버렸다. 전력을 다한 탓이다. 아직은 각 사와 각 방에서 부까지 연결할 수 있는 비둘기나 매가 갖춰지지 않았기 때문에, 운송 수단은 일단 인력에 의존할 수밖에 없었다.

들어오는 전서가 쌓이고 뻗어버리는 사파인들이 늘어날수록, 일사노옹은 똥 마려운 개처럼 한시도 가만히 있지 못했다.

일사노옹이 하교나 아랫것들을 닦달하기에는 거마인 풍마쌍부가 동석하고 있었고, 또 풍마쌍부가 대동하고 온 교의감의 교도들 대부분부터가 일사노옹보다 품계가 위였다.

풍마쌍부는 일사노옹이 떠는 다리를 계속 의식하다가,

더는 참지 못하고 중얼거렸다.

"다리를 잘라버릴까……."

그래도 잠시뿐이었다.

풍마쌍부는 결국 일사노옹을 바깥으로 내쫓아버렸다. 그러면서 일사노옹의 아래에 있던 교도들도 전부 쫓겨났다.

나도 말이다.

"위 하교."

"호교대왕께서는 무엇을 좋아하시나?"

일사노옹이 물었다.

"뵌 적이 없습니다."

"없다니?"

"하교가 호교대왕을 어찌 뵙겠습니까. 성궁에서도 멀찍이서나마 그 존위를 뵌 적만 있을 뿐이지, 대면한 적은 없었습니다. 부령사께서는 하교를 너무 과하게 보시는 것 같습니다. 하교는 일개 법찰사일 뿐입니다."

나는 호교법찰사, 위 효자의 입장에서 말했다. 그런 나를 일사노옹이 빤히 쳐다보았다.

"정말 그리 보이던가?"

"무슨 말씀이십니까?"

"통산이 훌륭해 보이냔 말이다."

"그렇습니다. 모범적입니다."

"그럼 다행이고."

일사노옹은 그렇게 말하면서도 불안한 기색을 떨쳐내지
못했다.

"걱정하지 마십시오. 이 나라의 초안에 합당한 곳이,
여기 통산입니다."

문득 일사노옹이 생각이 잠겼다.

일사노옹을 따라 이동하던 우리들도 마찬가지로 발걸음
을 멈췄다.

일사노옹은 사파인이나 관병을 제외하고는 완전히 비워
진 관아 밖 거리를 바라보다가, 고개를 돌려 관아 지붕에
꽂힌 본교의 깃발을 한참이나 응시했다.

그의 입술이 천천히 열렸다.

"2년이었다. 위대하신 혈마께서 교좌에 오르신 지 2년
만에 모든 게 바뀌었다. 중원도, 본교도."

일사노옹의 시선이 아침부터 대열하고 있는 병리사, 그
사파인들에게로 옮겨졌다. 정확히는 눈에 띄는 거리 중앙
에서 석상처럼 우뚝 서서, 흑웅혈마가 도착하길 기다리는
백골문의 장문인에게 고정됐다.

"저 염치없는 늙은이도 한때는 대단하였지. 그 한때라
고 하여도 1년 전 일이라는 게……. 큭. 위 하교는 사천

분교 출신이라 더 잘 알겠군. 저자의 위상이 사천에서, 사파 무림에서 어떠했는지."

그때나 지금이나, 삼살삼사에 대해서는 별 관심이 없다.

하지만 일사노옹과 교도들은 그렇지 않았다. 백골문 장문인을 불쾌하게 바라보면서도, 그네들의 시선 안으로 특별난 동정심이 공존하고 있었다.

"하지만 지금은 보다시피 응견(鷹犬)과 다름없다. 심후한 공력과 대단한 무공이 애석하겠지만, 살려면 별수 있나. 동방의 구파일방 꼴 안 난 게 다행이지."

일사노옹은 백골문 장문인이 들어도 상관없는지 소리를 죽이지 않았다.

"위 하교에게 충고 하나 하겠다. 위 하교는 기이하기도 하지. 홍복을 입을 만큼 충심이 지극한 반면, 어쩌다가는 불경(不敬)한 마음이 보여."

그게 아닙니다. 그게 아니라고요!

일사노옹의 어깨 너머, 마랄타르는 지금 딱 그런 표정이었다.

"그것은 분교 출신인데다가, 북경궁을 거쳐 성궁으로 바로 입성했기 때문이겠지. 세상이, 본교가 어떻게 달라졌는지, 위 하교는 모른다. 위 하교는 오로지 먹물로 그려진 것만 보았을 뿐이지. 혈산으로 간다 하였지? 위 하교의 생각과 다른 많은 걸 볼 것이야."

그러면서 일사노옹이 내 어깨에 팔을 두르자, 마랄타르의 얼굴은 더 끔찍해졌다.

"하지만 적응해야 한다. 위 하교. 사파 무림을 호령하였던 저자가 지금 무슨 마음으로 저러고 있는지, 위 하교 또한 잊지 말고……."

하지만 일사노옹은 말을 채 끝내지 못했다.

심후한 공력으로 완성된 사자후(獅子吼)가 전방에서 터져 나온 것이다.

"혈천성령, 호교대왕 전하께서 납시오!"

일사노옹이 염치없는 늙은이라고 가리켰던 백골문 장문인에게서였다.

흑웅혈마가 온다.

그런데 지금만큼은 내가 알던 그 흑웅혈마가 아니었다. 붉은 갑옷으로 무장한 인마(人馬)를 앞세운 그는, 전설 속에나 나올 법한 제왕의 모습으로 나타났다.

"혈천성령, 호교대왕 전하께서 납시오!"

백골문 장문인의 두 번째 사자후가 터져 나오던 시점
에, 관아의 모든 사람들이 바깥으로 나와 길바닥에 넙죽
엎드려 있었다.

　한기(寒氣)마저 머금은 싸늘한 시선이 주위를 스치기 시
작했다. 감히 그 시선을 똑바로 마주할 수 있는 인물은 단
한 명도 없었다.

　생각지 못했던 광경과 흑웅혈마의 분위기 때문이었다.
나는 이 몸이 위효자라는 것을 새까맣게 잊고, 붉은 인마
를 거느린 흑웅혈마를 빤히 쳐다보고 있었다.

＊　　　＊　　　＊

　흑웅혈마의 미간이 꿈틀거리는 그 찰나, 커다란 그림자
가 내 위로 기울었다.

　도끼날 하나가 번뜩였다.

　콧날을 베듯이 내 얼굴을 아스라이 스쳐 지나간 그대로
지면에 박힌 그것이, 주체 못할 힘으로 여전히 파르르 떨
리고 있었다.

　"저 불경(不敬)한 것을……."

　풍마쌍부가 일사노옹의 면전 앞에서 아주 조용히 이를

갈았다.

일사노옹도 내게 눈을 부라렸다. 지금껏 그가 내게 보였던 호의는 이 순간에 조금도 남아 있지 않았다. 그와 풍마쌍부는 흑웅혈마가 내게 보였던 그 살기(殺氣)를, 고스란히 반복했다.

이를 웃어야 할지, 말아야 할지.

— 난처해져 버렸군. 일을 더 크게 벌리지 말거라. 흑웅혈마.

나는 흑웅혈마에게 보내는 전음 속에 십이양공의 기운을 담았다.

그렇지만 좌중들은 흑웅혈마의 바짝 굳은 얼굴을 더 오해했다. 풍마쌍부가 나를 가리키고 일사노옹도 통산의 교도들에게 수신호를 보냈다. 오로지 마랄타르를 제외하고는 나를 끌고 갈 심산으로 전부 일어섰다.

"소란 피우지 말라. 하교는?"

흑웅혈마의 묵직한 목소리가 자욱하게 깔렸다.

"하교, 호교법찰사 위효자가 혈천성령 호교대왕 전하를 뵈옵니다."

"하교가 그 위효자군. 지대한 공을 세웠으니, 본 왕의 말……."

— 위효자의 신분을 이 이상 키우지 말아라. 흑웅혈마.

이 몸, 위효자의 신분이 언제부터인가 내 몸에 딱 맞는 옷이나 다름없이 느껴졌다. 나는 이 몸을 버리기 싫어, 그렇게 말했다.

그러자 흑웅혈마는 말에서 내리려던 동작을 멈췄다. 아마도 그가 타고 있던 말에 나를 태울 생각이었던 모양이었다.

"본 왕의 말과 함께 나란히 걸어도 좋다."

흑웅혈마가 자연스럽게 말을 바꿨다.

*　　*　　*

"……혈산으로 가신 게 아니셨습니까."

흑웅혈마가 말했다. 나는 직전에 보았던 흑웅혈마의 위용을 계속 떠올리고 있다가 고개를 들었다.

"가히 제왕의 풍모였다. 흑웅혈마. 역용을 한 것도 아닌데, 몰라볼 뻔하였다."

"교주님께서 예 계신 줄, 소마가 어찌 알 수 있었겠습니까. 조금 전 있었던……."

"되었다. 새 나라가 섰고, 그대에게는 호교대왕 위(位)에 걸맞은 위신이 서야 한다. 이를 위효자의 낮은 위치에서 확인하고나니 참으로 개운하다."

거짓말이다. 흑웅혈마의 위용만큼이나 그가 내게 보였던 살기가 좀처럼 잊혀지지 않고 있었다. 설사 위효자가 나인 줄 조금도 몰랐다고는 해도, 나도 어쩔 수 없는 솔직한 기분이 정말 그랬다.

"다만 하교들을 조금 더 넓은 아량으로 품어 주길 바란다, 흑웅혈마. 법찰사 위효자는 큰 공을 세우고도 꼼짝없이 뇌옥에 갇혔을 것 같더구나."

흑웅혈마는 내 말을 묵묵히 듣고는 그렇게 하겠노라고 대답했다.

하지만 그가 다하지 못한 말이 남아있는 게 빤히 보였다. 나는 그마저 토해내라는 식으로 말했고, 흑웅혈마가 오랜 고민 끝에 입을 열었다.

"교도들을 위하는 교주님의 대해(大海)와 같은 마음을, 그 누구보다 잘 아는 이가 소마입니다. 하오나 현 시국이 더 강한 통제를 바라고 있습니다. 그래서 간청 드리오건데……."

이런.

"또 그 얘기라면 그만두거라."

나는 흑웅혈마가 무슨 말을 하는 것인지, 첫마디만 듣고 알아차렸다.

전운이 가시자, 교도들이 문제를 일으키고 있다는 보

고를 한두 번 들은 게 아니기 때문이었다. 그래서 흑웅혈마는 북으로는 얼어붙은 땅에, 남으로는 독충과 야수들이 우글대는 늪지대로 전선을 확장시키는 게 어떻겠냐는 소리를 한 적이 있었다.

특히 십시 태생(胎生)이 아닌 교도들을 따로 분리하여 관리해야 한다고 간언했었다.

혈천하 이전, 중원에서 도망쳐와 본교에 투신하였거나 아니면 분교 출신의 교도들이 유별난 문제들을 일으킨다면서 말이다.

하지만 그 사안은 크게 다뤄지지 않았다. 색목도왕이 그야말로 노발대발(怒發大發) 날뛴 것은 물론이고, 나 또한 충성스런 나의 교도들을 출신 성분에 따라 두 개 파로 나누고 싶은 마음이 눈곱만큼도 들지 않았기 때문이었다.

그렇다고 십시 태생 모두가 문제를 아니 일으키는 것도 아니다. 단지 빈도의 문제였다. 더욱이 교도들이 일으키는 문제라는 것들도 중원인들을 다루는 방식에서 야기되는 것들뿐이었다.

"차라리 지금이라도 철군(撤軍)을 하자면 그리할 것이다."

다시는 그런 소리가 나올 수 없도록, 이번에 확실히 짚고 넘어가야 한다고 생각했다.

"결국 곪아 종기가 날지언정, 교도들을 출신 성분에 따라 나누는 일은 단언컨대 없을 거니와, 본교에서 전쟁을 다시 일으키는 일 또한 없을 것이다."

"예."

하지만 바닥을 뚫어져라 쳐다보는 흑옹혈마의 두 눈에서 불만이 느껴진다.

"들거라. 본교를 위해서라면 심장을 꺼내 보이는 이들이 바로 본교의 교도들이다. 교도들이 일으키는 사소한 문제쯤은 눈감아 주는 미덕을 가지라는 것이다. 그대는 나와 함께 교도들을 살피는 호교법왕인 것이지……."

중원인들의 대변자가 아니다.

나는 하려던 그 말을 삼키고서 솔직한 심정을 토로했다.

"중원이 애물단지가 된다면 우리는 철군하면 그만이다. 우리의 고향은 이곳 중원이 아니라 저 열열사막에 있음을 잊지 말거라."

"소마 흑옹혈마는 혈마의 지엄한 명을 받잡을 뿐이옵니다. 소마의 충정을 오해치 마시옵소서."

"행여나 그럴 일이 있을까."

나는 고개를 저었다.

"그대를 괴롭히는 게 무엇인지 내 모를까. 그러나 혈천하의 의기(意氣)는 하루 이틀 만에 완성될 문제가 아닌 것이다. 본교의 교도들을 돌본 연후에, 중원인들 그들의 민생(民生)을 살필 것을 내 약속하마. 그러니 속상해하지 말거라."

흑웅혈마의 어깨를 토닥인 다음, 그에게 얼굴을 끄덕여보였다.

흑웅혈마는 소중한 사람이다. 나는 흑웅혈마가 보이는 불만에서, 언제나 나를 괴롭히고 있는 번뇌가 똑같이 느껴졌다. 그러니 안쓰러운 것이다.

"네게 보여주고 싶은 아이가 있다. 그 아이를 보면 네 마음도 한결 풀릴 거라 장담하지."

약간의 시간이 지나고.

유모가 벌벌 떨면서 영아를 데려다주고 나갔다.

"이름은 영(英)이다."

내 동생 영아와 같은 이름.

과연, 이 어여쁘고 작은 생명체를 본 흑웅혈마의 얼굴은 눈 녹는 봄날이 찾아온 것처럼 서서히 풀리기 시작했다. 그리고는 이윽고 흑웅혈마의 입가에도 감출 수 없는 미소가 걸렸다.

아기는 마침 배시시 웃고 있었다.

"웬 아기입니까? 벌써부터 미색이 뛰어난 것이 여아(女

兒)겠지요?"

흑웅혈마의 목소리에 온기가 담겼다.

"아십니까. 설아도 이렇게 어여뻤습니다. 교주님. 설마
아니지요?"

흑웅혈마는 농담까지 하는 여유를 찾았다.

그래서 아기는 특별한 생명체라는 것이다.

가만히 보고 있노라면, 지금까지의 번뇌가 무엇인지 잊
게 만든다. 웃고 우는 저 작은 얼굴의 변화에만 몰입하게
된다. 그 순간만큼 우리는 괴로운 세상에서 벗어나 있었
다.

흑웅혈마도 나도 한참 동안 말없이, 아기의 표정을 따
라 지었다. 이제는 수면으로도 느낄 수 없는 안식(安息)이
여기에 있었다.

미안하지만, 이 좋은 분위기를 깨야 하는 순간이 왔다.

"황월의 핏줄이다."

"……제 아비를 닮았군요."

흑웅혈마는 집게손가락 끝으로 아기의 손등을 조심스
레 매만지며 말했다. 그는 아기가 황월의 핏줄이라고 해
도 동요하지 않았다. 나는 그러한 흑웅혈마가 몹시 고맙
게 느껴졌다.

사실 흑웅혈마가 그 집게손가락으로 아기의 숨통을 짓

누를 줄 알고 살짝 긴장하고 있던 터였다.

흑웅혈마가 나를 슬쩍 바라보는 시선에서 그 속내가 그대로 읽힌 것 같았다.

"아기가 무슨 죄가 있겠습니까."

흑웅혈마가 말했고, 나는 어쩐지 얼굴이 달아오르는 것 같았다.

"그렇지 않아도 그간 무슨 일이 있었는지 여쭙고 싶었습니다."

흑웅혈마가 그렇게 말하며, 아기의 콧잔등을 살짝 건드렸다.

"영아라고 하였느냐. 네가 교주님을 보필하고 있었구나. 네가 노부보다 낫다."

그런데 흑웅혈마의 두 눈이 촉촉이 젖어 있었다. 흑웅혈마는 그것이 늙은 나이에 주책이라고 생각했는지, 감정을 추스르기 전까지 나를 바라보지 않고 오로지 아기만 쳐다보았다.

하지만 그것이 도리어, 흑웅혈마의 눈에서 눈물을 자아냈다.

"교주님께서 마음 두실 곳을 찾으시니, 소마는 참으로 기쁘옵니다."

감정에 젖은 목소리.

흑웅혈마가 붉어진 눈을 깜박거리며 말했다.

그토록이나 내가 위태로워 보였던 것일까.

흑웅혈마는 내 안식의 대상이 설사 황월의 핏줄이라 하여도, 그로 하여금 내가 조금이나마 편안해질 수 있다면 감안할 만하다고 생각하는 것 같았다.

아마도 그게 진심일 것이다.

그러니 나는 흑웅혈마에게 아기의 신상에 대해서 들려주었다.

그 과정에서 이제 중원에서는 불귀(不歸)의 객이 되어버린 옥제황월과 성 마루스에서 있었던 일들도 하나하나 풀어져 나왔다.

나는 최대한 담담하게 말하려 했다.

그래. 처음에는 그랬다.

하지만 성 마루스에서 직접 체득한 큰 깨달음을 이야기하고 그 이야기가 멋대로 중원까지 이어져, 분조(分朝)에 잔존해 있는 연조의 충신들과 정파 무림인들을 제거하였던 때를 말하던 순간이었다.

계속 눈물을 흘리고 있는 흑웅혈마의 얼굴이 보였다. 내 손을 맞잡고 있는 주름 가득한 두 손등도 시야에 들어왔다.

왜 그리도 괴로워하는 것이냐. 흑웅혈마. 왜 그러는 것이냐.

나는 괜찮아. 나는 괜찮다니까.

그러나 더는 말을 이을 수 없었다. 지금에 와서 진짜 목소리를 내기에는, 이 안을 낱낱이 들켜버릴 것만 같았다.

"어찌…… 어찌…… 감당하신단 말입니까……. 어찌 또 견디신단 말입니까……. 어찌 또요……."

흑옹혈마의 몸이 내 쪽으로 기울어졌다.

탁자가 옆으로 쓰러진 그대로, 그가 나를 안아 흐느꼈다.

거기에서 내 안의 뭔가가 깨져버렸다. 세상이 멈춰버린 것 같으면서도, 옆에서 들어오는 흑옹혈마의 목소리는 그렇지 않았다.

"소마가, 소마가 잘못했습니다……. 잘못했습니다……. 잘못…… 했습니다……."

쭈글쭈글한 그의 뒷목이 부르르 떨리고 있었다. 나는 지금까지 무슨 말을 했던 것인지, 갑자기 생각나지 않았다. 오로지 흑옹혈마의 노쇠한 피부만이 보이고 있을 뿐이었다.

잠깐 앞으로 보낸 시선으로 아무것도 모르는 아기가 들어왔을 때, 그리고 나와 눈이 마주친 아기가 눈을 깜박거렸을 때.

내 안에서 깨졌던 뭔가가 완전히 산산조각 나고 말았다.

그때부터였던 것 같다.

흑웅혈마의 목에 얼굴을 파묻고 엉엉 울어 버린 것이.

〈다음 권에 계속〉

『죽지 않는 무림지존』, 『천지를 먹다』
베스트 셀러 작가 나민채의 스펙터클한 퓨전 무협

『마검왕』을 가장 빠르게 보는 방법!

Dream Books

'스마트폰으로 접속!'

정령왕
엘퀴네스

개정판

이환 판타지 장편소설

『숲의 종족 클로네』, 『은빛마계왕』의 작가,
이환 대표작 『정령왕 엘퀴네스』 완전 개정판!

어설픈 정령왕의 좌충우돌 모험기를 다시 만난다

컬러 일러스트 · 네 칸 만화 · 캐릭터 프로필 & QnA
매권 미공개 외전 수록!

dream
books
드림북스

정령사
헌터 성공기
양인산 현대판타지 장편소설
MODERN FANTASY STORY & ADVENTURE
지금까지 없었고,
앞으로도 없을 헌터계의 전설!!
『정령사 헌터 성공기』
세상을 놀라게 할 정령사 헌터의 행보를 주목하라!
헌터계를 평정할 정령사의 이야기가 시작된다!

양경 신무협 장편소설

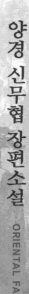

ORIENTAL FANTASYSTORY & ADVENTURE

무당신마

『화산검선』, 『악공무림』의 작가 양경!
그가 선보이는 또 다른 신무협의 세계!

『무당신마(武當神魔)』

도가의 성지 무당파에서 새로운 마(魔)가 태동한다!

dream
books
드림북스